구하러……
왔습니다.

리오는 어색하게 미소 지으며
미하루에게 부드럽게 말을 걸었다.

정령환상기

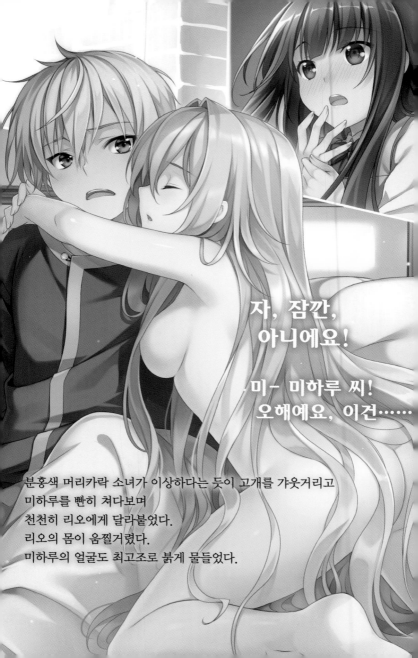

자, 잠깐,
아니에요!

미- 미하루 씨!
오해예요, 이건……

분홍색 머리카락 소녀가 이상하다는 듯이 고개를 갸웃거리고
미하루를 빤히 쳐다보며
천천히 리오에게 달라붙었다.
리오의 몸이 움찔거렸다.
미하루의 얼굴도 최고조로 붉게 물들었다.

Yuri Kitayama

카타야마 유리

Illustrator Riv

4

유구한 녀

정령
환상기

커버 및 본문 일러스트_ Riv

CONTENTS

✤

〖 프롤로그 〗 ❋ 라티파의 비밀 일기

갑작스럽지만, 오늘부터 일기를 쓰기로 했다.

오빠가 마을을 떠난 지 2년이 다 됐다. 그동안 나도 열심히 공부하고 어려운 말도 많이 배워서 제대로 글을 쓸 수 있게 됐다. 그러니까 매일 마을에서 일어나는 재미있는 일과 기쁜 일을 일기에 적어 오빠에게 보여줄 거다.

오빠가 마을에 없는 동안에 이런 일이 있었다며 둘이서 즐겁게 이야기하고 싶다. 오빠가 열심히 공부했다고 칭찬해주면 엄청 기쁘겠지? 에헤헤, 벌써 상상만 해도 기쁘다.

그래서 당장 오늘 있었던 일을 일기로 쓰려고 한다.

오늘은 멋진 가을 날씨. 겨울이 다가와서 그런지 조금 쌀쌀했지만, 따끈따끈하게 내리쬐는 햇볕이 굉장히 기분 좋은 날이었다. 벨라랑 아르슬란 군이랑 이야기하다가 이런 날에 오빠랑 같이 산책하면 좋았을 거란 생각이 들었다.

그건 그렇고 이제부터 일기를 쓸 거라 의식하고 하루를 보내보니 내 주위에 재미있는 일과 기쁜 일이 많이 일어난다는 실감이 들었다.

사라 언니, 오피아 언니, 아르마 언니, 벨라, 아르슬란 군, 우즈마 씨, 아슬라 할머니, 실드라 씨, 도미니크 씨.

매일 다정한 사람들과 함께 하며 즐거운 이야기를 잔뜩

할 수 있으니까.

그러니까, 그래, 나는 정말 행복한 사람이다.

이건 전부 오빠 덕분이다. 오빠가 나를 어둡고 어두운 어둠 속에서 구해줬으니까. 오빠가 없었으면 지금의 나도 없다.

그러니까 나는 정말로 머리를 들지 못할 만큼 오빠에게 감사한다.

하지만 오빠는 지금 마을 밖을 여행 중이다. 먼 야구모 지방이라는 곳에서 이 세계의 아버지와 어머니의 고향을 찾고 있다.

솔직히 오빠가 옆에 없어서 조금 외롭다. 하지만 나는 아니까. 오빠가 돌아가신 어머니와의 추억을 얼마나 소중히 여기는지 아니까.

나는 지금의 어머니를 거의 기억하지 못한다. 하지만 몇 번인가 다정히 안아줬던 것은 어렴풋이 기억난다. 만약 예전의 내가 지금의 오빠와 같은 상황에 처했으면 어땠을까를 생각하면 너무 슬퍼진다.

그러니까 뭐라고 하지? 말로 설명하기 어려운데, 오빠의 마음을 이해한다…… 이해하려고 한다. 외롭지만, 참을 수 있다.

그리고 나와 오빠는 기적, 운명이라고도 하는 인연으로 묶여있으니까. 지금의 나는 예전의 오빠와도 만났으니까. 아무리 멀리 있어도 마음은 굳게 이어져있다.

오빠가 마을을 떠나기 전에 내가 모르는 예전의 오빠에 대해서도 많이 들었고. 이 넓은 세계에 예전의 오빠를 아는 건 나뿐…… . 그래, 나뿐이다. 그렇게 생각하면 오빠에게 내가 엄청 특별한 존재가 아닐까 싶어 약간 자부심이 든다. 에헤헤.

그런데 예전의 오빠에게는 가족과 가족 외에 엄청 특별한 사람이 있었던 모양이다. 지금의 나는 그 사람들과 견줄 정도로 특별한 존재일까…… 가끔 그런 생각을 한다.

하지만 나약해져선 안 된다.

특별한 존재가 되고 말거야!

그러기로 정했는걸. 나는 지금의 오빠도, 예전의 오빠도 엄청 좋아하니까. 그러니까 나는 예전의 오빠의 소중한 사람들이 눈앞에 나타나더라도 가슴을 펴고 마주하는 사람이 될 거다.

지금의 오빠의 동생으로서 말이야, 엣헴!

음, 일단 쓰고 싶은 대로 써봤는데 되게 재미있는 것 같기도 하고! 머릿속에 오빠가 잔뜩 떠올라서 붓이 슥슥 움직인다. 아아, 그런데 빨리 오빠를 만나고 싶어졌어어. 어쩌지.

그런데, 어라…… 다시 읽고 생각해봤는데 이거 일기가 아니라 오빠에 대한 내 마음을 털어놓은 고백글 아니야? 이러면 부끄러워서 아무한테도 못 보여줄 것 같은데…… .

아니, 뭐 처음부터 아무한테도 안 보여줄 생각이었지만……
오, 오빠한테는…… 내가 읽어서 가르쳐주면 되겠지?
　응, 그러자! 일기다운 내용은 내일부터 써야지. 에헤헤.
　좋아, 그럼 마지막 한마디.
　오빠가 어서 돌아오게 해주세요!

일기·1일째

【 제 1 장 】 ❋ 귀향

신성력 999년, 늦가을.

장소는 정령의 주민의 마을. 아직 해가 지기 전의 일이다.

마을에 셋 있는 최장로 중 한 사람, 여우 수인 아슬라가 사는 자택의 한 방.

"첫날이니까 오늘은 이정도면 되겠지?"

라티파가 일기를 다 쓰고 만족스럽게 고개를 끄덕이며 깃펜을 놓았다. 막 쓴 일기장을 양 손으로 들고 빤히 쳐다 봤다.

"……역시 누가 보면 창피해애. 많은 걸 써놨으니 보이지 않게 신경 써서 보관해야겠어."

라티파가 중얼거리고 일어나 자기 방 안을 두리번두리번 둘러봤다.

"여기가 좋겠다."

그리고 책장 구석에 일기장을 꽂고 천진난만하게 웃었다.

한편, 거의 같은 시각.

리오는 정령의 주민이 사는 대삼림 위를 정령술로 날고 있었다.

마을 주위에는 광역 결계마술이 몇 겹으로 펼쳐져 있다. 그중에서도 인식소외 마술로 만든 결계가 가장 강력한데, 일정 이상으로 정령술에 소양이 없으면 결계를 간파하고 침입하지도 못하게 되어있다.

하늘로 침입할 시에는 인식소외 효과가 현저히 줄어드는 것이 난점이지만, 결계 영역을 넘으려한 시점에 침입자가 탐지되기 때문에 하늘을 날아 다가가는 리오도 이미 탐지됐을 것이다.

'겨우 도착했다.'

리오는 마을 부근에 멈춰 서서 드뤼어스의 거목을 응시하며 곰곰이 생각했다. 리오가 야구모 지방을 떠난 뒤로 벌써 2주가 흘렀다. 정령술로 하늘을 날았어도 긴 여행이었다.

찌릿한 느낌이 감개에 젖은 리오의 몸을 훑었다. 결계 내부에 침입했다. 이제 마을에서 리오라는 외부인을 알아차렸을 것이다. 이미 코앞에 마을이 있으니 누군가 날아오는 것은 시간 문제였다.

리오는 비행을 멈추고 하늘에 멈춰 섰다.

'다들 건강하려나. 라티파도……'

2년 가까이 내버려뒀다. 화를 낼지도 모르겠다는 생각을 하며 그리운 미소를 지었다. 리오는 몇 분 정도 기다리다 마을 쪽에서 날아오는 집단을 발견했다.

"저건…… 오피아 씨의 에어리얼인가."

정령술로 시력을 강화하고 쳐다봤다. 그곳에는 하이엘프 소녀 오피아와 계약한 중위정령 에어리얼이 있었다. 독수리와 비슷한 아름다운 거조의 등에 여러 명이 타고 있었다. 그 주위에는 스스로 하늘을 나는 사람들도 있었다.

그들은 리오를 확인했는지 곧바로 다가왔다. 리오의 눈에 그들의 모습이 점점 크고 선명하게 보였다.

"오빠!"

익숙하고 그리운 목소리가 들렸다. 천진난만하고 귀여운 소녀의 목소리가. 목소리의 주인이 리오를 향해 크게 손을 흔들었다.

그들은 모두 무장했지만, 위험한 기색은 전혀 느껴지지 않았다. 리오는 입가에 웃음을 띠고 자신도 크게 손을 흔들었다.

그 직후, 에어리얼이 급히 속도를 올려 앞서서 리오에게 접근했다. 에어리얼은 눈 깜짝할 사이에 거리를 좁히고 리오의 눈앞에서 더 높이 날아올랐다.

리오가 그 모습을 눈으로 좇았다. 에어리얼의 등에서 한 소녀가 뛰어내리는 모습이 보였다. 리오는 거의 반사적으로 날아올라 소녀를 안아 받았다.

"아이쿠."

"어서 와, 오빠!"

리오의 팔에 쏙 안긴 여우 수인 소녀─ 라티파가 외쳤다.

"다녀왔어. 위험하니까 뛰어내리면 안 되지?"

리오가 쓴웃음 지으며 라티파에게 주의를 줬다.

"괜찮아, 오빠가 받아줄 거라 생각했으니까."

라티파가 태평하게 미소 지으며 말했다.

리오는 그만 웃을 뻔했다. 주의 줄 말을 찾지 못하고 라티파의 머리를 다정히 쓰다듬었다.

"에헤헤."

라티파가 쑥스러워하며 리오의 가슴에 머리를 문질렀다.

"많이 컸네, 라티파."

"응. 당연하지. 이제 곧 열세 살이 되는걸!"

"그렇구나, 건강해 보여서 다행이야…… 여러분도 변함없는 것 같아 다행이에요. 오랜만입니다. 이제 막 다녀왔습니다."

리오가 기쁘게 미소 짓고 주변 공중에 떠있는 얼굴들을 향해 말했다.

에어리얼의 등에는 은늑대 수인 사라와 엘더드워프 아르마가 타고 있고, 그 옆에 오피아가 부유 중이었다. 근처에는 날개 수인 우즈마를 포함한 마을 전사들도 있었다.

"오랜만입니다, 리오 도령. 건강해 보여서 안심했습니다. 그리고 아주 늠름하게 성장하셨군요. 더 강해지신 것 아닙니까?"

우즈마가 호쾌하게 말했다.

"정말. 리오 씨, 엄청 어른스러워졌네. 정말 멋있어요!"

오피아가 고개를 끄덕이며 말했다.

"둘 다 고마워요. 성장기라서 그래요."

리오가 쑥스러워하며 고맙다고 했다.

"후후후, 리오 씨가 어른스러워져서 사라랑 아르마가 부끄러워하는 것 같아요."

오피아가 사라와 아르마를 보고 짓궂게 웃으며 말했다. 당사자인 두 사람은 리오를 엿보다가 화제에 오르자 몸을 움찔했다.

"따, 딱히 부끄러워한 적 없습니다!"

사라가 허둥지둥 반박했다.

"사라 언니만 부끄러워했어요. 저는 리오 씨의 분위기가 많이 바뀌었다고 생각한 것뿐이거든요."

아르마가 고개를 돌리고 태연한 척 변명했다.

"또, 또 그런 말을 하다니. 당신도 부끄러워했지 않습니까."

사라가 얼른 대꾸했다.

"사라 언니야말로 리오 씨를 넋을 잃고 봤죠."

"으아아아, 아르마! 이상한 말 하는 거 아닙니다!"

아르마와 사라가 변함없는 대화를 펼쳤다.

그러자 리오가 키득 웃었다.

"……우으, 왜 웃는 겁니까? 리오 씨."

사라가 리오를 의심스럽게 쳐다보며 물었다.

"아뇨, 왠지 돌아온 것 같은 기분이 들어서요. 두 사람 다 성숙해졌네요. 멋있어요."

리오가 웃음을 참으며 대답했다.

"으……. 고, 고맙습니다."

"……저는 많이 안 바뀌었어요."

사라가 뺨을 붉히며 고마워하자 아르마가 살짝 입술을 내밀고 말했다.

"아니에요. 분위기가 전보다 어른스러워졌고, 키도 조금 자랐잖아요?"

리오가 웃으며 고개를 저었다.

"……네. 뭐, 조금."

아르마가 기쁜지 약간 수줍어하며 고개를 끄덕였다.

"우으, 리오 씨한테 칭찬 받아서 좋겠다아. 사라, 아르마."

오피아가 부러워하며 중얼거렸다.

"오피아 씨도 예뻐졌는걸요. 분위기가 더 차분해졌어요."

리오가 쓴웃음 지으며 오피아를 칭찬했다. 실제로 사라, 오피아, 아르마, 세 사람은 지금이 성장기라 마지막으로 만났을 때보다 꽤 성숙해졌다.

"에헤헤, 고맙습니다."

오피아가 기뻐하며 환히 웃었다.

그러자 리오에게 안겨있던 라티파 리오의 코트를 꾹꾹 잡아당겼다. 그리고 무언가 기대하는 눈빛으로 리오를 올려다봤다.

"라티파도 어른스러워졌어."

리오가 아이고, 웃으며 라티파를 칭찬했다.

"응!"

라티파가 활짝 웃으며 대답했다.

◇ ◇ ◇

그 뒤, 리오는 사라 일행의 안내를 받아 마을 광장에 내려섰다. 광장에는 많은 아이들이 놀고 있었다.

"리오 오라버니, 어서 오세요!"

리오 일행이 내려오는 것을 본 사라의 동생이자 은늑대 수인인 벨라가 기운차게 다가왔다.

"다녀왔어, 벨라. 여전히 기운 넘치네."

"네, 맞아요! 리오 오라버니도 라티파와 여전히 사이가 좋네요! 잘 됐어요, 라티파! 염원하던 리오 오라버니를 만났잖아요!"

벨라가 리오에게 공주님처럼 안긴 라티파를 보며 말했다.

"응! 고마워, 벨라!"

라티파가 리오에게 안긴 채로 고맙다고 했다. 아까부터 계속 붙어있었다.

"나중에 저도 리오 오라버니와 잠깐만 포옹할 수 있게 해주세요. 저도 리오 오라버니를 만나고 싶었어요."

벨라가 꼬리를 기쁜 듯이 움직이며 부탁했다.

"응, 둘이서 같이 오빠랑 포옹하자!"

라티파가 흔쾌히 고개를 끄덕였다.

"라티파와 친하게 지내줘서 고마워. 아르슬란도 많이 컸네."

리오가 흐뭇하게 말하고 벨라를 따라와 근처에 서 있던 사자 수인 소년 아르슬란에게 말을 걸었다.

"응, 오랜만이야, 리오 형."

아르슬란이 살짝 어깨를 움츠리고 부끄러워하며 대답했다.

"리오 오라버니야말로 컸다고 해야 하나? 체격이 더 탄탄해졌어요. 왠지 전보다 더 어른스러워 보여요."

벨라가 아름다운 은발을 바람에 흩날리면서 감탄한 듯이 리오를 올려다봤다.

"고마워. 사라 씨네한테도 들었어."

리오가 키득 웃고 사라를 봤다. 사라는 리오와 눈이 마주치자 창피해하며 시선을 피해버렸다.

"웃훗훗. 사라 언니는 성장한 리오 오라버니를 보니 수줍은가 봐요."

벨라가 빙그레 웃었다.

"기, 긴장한 것뿐입니다!"

사라가 놀라서 허둥지둥 반박하자 리오가 쓴웃음 지으며 사라에게서 시선을 거두었다. 사라는 리오의 옆얼굴을 힐끗 엿봤다.

'으으…… 아르마와 벨라가 이상한 말을 해서…….'

이렇게 허둥거리다니, 이상하게 여길 게 분명해. 사라는 생각했다.

확실히 긴장하기는 했다. 예전보다 리오가 어른스러워 보여서. 예전에 같이 살았을 적의 리오도 분위기가 차분하긴 했지만, 당시에는 아직 천진난만함과 흔들리는 것 같은 공허함이 있었다. 그러나 지금은 흔들림 없는 날카로움과 위압감이 느껴져서 외모 자체는 아직 앳된데 묘하게 성숙해보였다.

몸도 늠름해지고 동작에 여전히 허점이 없는 것이, 분명 더 강해지지 않았을까. 정신적으로도 성장했을 테고, 어쩌면 그런 점이 분위기에 배어나왔을 수도 있었다.

사라는 그렇게 생각하고 혼자 납득하며 단단히 마음먹었다.

'가까운 시일 내에 리오 씨에게 대련을 부탁해보자. 강해진 나를 보여줘야지!'

어느새 광장에 있었던 아이들이 리오에게 몰려들었다.

"리오 형, 어서 와!" "마을 밖에 갔었지? 어떤 곳이었어?" "리오 오빠, 키 컸어?" "리오 형, 선물, 선물!"

그러더니 한꺼번에 말을 걸었다.

"얘들아, 그렇게 한 번에 많이 물으면 리오 씨가 대답할 수 없잖아. 순서 좀 생각하렴. 그리고 이제 곧 해가 질 테니 그만 집으로 돌아가."

사라가 언니누나처럼 마을 소년소녀들에게 주의를 줬다.

"싫어— 더 이야기하고 싶어!" "사라 누나네는 어디 가?" "우리도 같이 갈래!"

아이들이 와아와아 소란을 피우며 물고 늘어졌다. 엄격한 사라가 아니라 다정한 오피아와 의외로 아이들을 잘 돌보는 아르마에게 달라붙어 통사정을 했다.

"정말, 최장로님들이 계신 곳에 갈 거야! 늦게까지 떠들면 혼난다? 오피아랑 아르마도 너무 어리광 받아주는 거 아닙니다."

사라가 좀 더 세게 질책했다.

"켁, 어른들이 잔뜩 있는 데잖아." "우으……." "집에 가자, 가자!"

아이들이 겨우 물러났다.

"벨라, 아르슬란, 너희가 책임지고 어린 아이들을 데려다줘."

"네-엣!"

"응, 맡겨둬, 사라 누나."

사라의 지시에 벨라와 아르슬란이 고개를 끄덕였다.

"그럼 갈까요? 리오 씨."

리오 일행은 최장로들이 있는 마을 청사로 향했다.

그날 밤, 청사 안에 있는 식당.

리오는 마을 장로진에게 귀환 인사를 마치고 최장로들에게 작은 환대를 받게 됐다.

참가자는 게스트인 리오와 호스트인 최장로 세 사람-하이엘프 실드라, 엘더드워프 도미니크, 여우 수인 아슬라-

과 리오의 의붓동생인 라티파, 예전에 리오와 동거했던 사라, 오피아, 아르마 세 사람이었다.

"그건 그렇고 리오 꼬마가 완전 어른이 되어버렸군. 장비를 조정할 필요가 있는지 봐줄 테니 당장 내일이라도 또 얼굴 비치라고. 뭐 불만은 없었나?"

도미니크가 잔에 따른 술을 들이키며 물었다.

"고맙습니다. 사용감이 최고예요. 불만은…… 굳이 말하자면 장비 품질이 너무 좋아서 눈길을 끄는 정도일까요?"

"으하하, 과연. 그래, 그래. 그렇지, 그렇지."

리오가 쾌활하게 장비 사용감과 감사를 표하자 도미니크가 기분 좋게 웃었다.

"리오 도령, 여행 목적을 달성했다고 들었네만, 괜찮다면 야구모 지방에서 있었던 일을 이것저것 들려주지 않겠나? 저 아이들도 신경 쓰일 걸세."

아슬라가 사라 일행을 보며 말했다.

"네, 좋아요."

리오가 느긋하게 고개를 끄덕이고 여행하는 동안 일어난 일을 이야기했다.

첫 몇 개월은 부모님에 관한 단서를 얻지 못하고 야구모 지방을 전전했다는 것, 몇 백이나 되는 도시와 마을을 떠돌다 간신히 친할머니를 만난 것, 사촌누나가 있다는 사실을 알게 된 것, 그리고 그 뒤의 마을 생활을.

"오빠, 할머니랑 사촌누나가 있구나……."

그중에서도 유바와 루리에 대해 이야기하자 리오의 옆에 앉아 이야기를 듣던 라티파가 눈을 동그랗게 뜨고 중얼거렸다.

"내게 의붓동생이 있다고 말해주니까 두 사람 다 라티파를 만나보고 싶다고 했어. 마을에 대해 가르쳐주지 않았고, 여기로 데려올 수는 없지만."

"……나도 만나고, 싶기도 하고."

리오가 차분히 말하자 라티파가 우물쭈물 말했다.

"……흠. 뭐, 리오 도령의 친족이라면 조건에 따라 일시적인 체재를 허락 못할 것도 없네만, 야구모 지방까지 머니 말일세. ……뭐, 이 이야기는 차차하도록 하지."

아슬라가 고민하며 묘하게 함축적인 말투를 썼다. 실드라와 도미니크도 약간 난감한 얼굴로 쓴웃음 지었다.

한편, 라티파와 사라 일행은 조금 이상해하며 고개를 갸웃거렸다.

아슬라의 말뜻을 이해하지 못한 것은 리오도 마찬가지였다.

'……어머니가 왕족 태생이라는 사실은 숨겨두는 편이 낫나. 밝히면 이야기 흐름이 내 과거에 집중될 가능성도 있으니까. 일단 숨기자.'

리오는 대화에 신경을 끄고 아슬라 일행에게 말해야할 내용을 몰래 골라냈다. 무심결에 입을 잘못 놀려서 이야기를 어두운 방향으로 끌고 가고 싶지 않았다.

"그래서 리오 도령, 이번에는 얼마나 마을에 있을 것 같나?"

그러자 실드라가 화제를 바꾸듯이 리오에게 물었다.

"길어도 몇 개월 정도일 것 같아요. 겨울이 오기 전에 마을을 떠나 슈트랄 지방으로 갈 생각입니다."

리오가 자세를 바르게 하고 진지한 표정으로 대답했다.

"……오빠, 또 떠나?"

그러자 라티파가 쓸쓸하게 그리고 불만스럽게 입을 내밀었다.

"미안해, 라티파. 이번에는 좀 더 빨리 돌아올게."

리오가 미안해하며 쓴웃음 짓고 사과했다.

"……약속이야?"

라티파가 불안한지 리오의 소매를 잡고 얼굴을 올려다보며 호소했다.

"응, 약속."

리오가 강하게 수긍했다. 다른 사람들이 흐뭇하게 두 사람의 대화를 지켜봤다. 그리고 잠시 뒤.

"리오 도령, 여행하는 동안 부족해진 건 없나? 다시 여행을 떠나기 전까지 마련할 테니 사양 말고 말하게."

아슬라가 상냥하게 제안했다.

"고맙습니다. 물자는 아직 여유롭고, 여행하는 동안 한가지 떠오른 게 있는데……. 지혜를 빌릴 수 있을까요?"

리오가 살피며 말을 꺼냈다.

"호호호, 상관없네. 말해보게나."

아슬라가 흔쾌히 승낙했다.

"여행하는 동안 머물 수 있게 『시공의 장』으로 가지고 다닐 수 있는 집을 만들고 싶다는 생각이 들었습니다."

리오가 야구모 지방을 여행하는 동안, 문득 떠오른 계획을 밝혔다.

"호오, 가지고 다닐 수 있는 집이라. ……재미있는 생각인데."

도미니크가 바로 강한 관심을 보였다. 건축 관련 쪽으로도 강한 드워프의 피가 끓나보다.

"집을 가지고 다닌다……. 그럼 기초공사를 하지 않고 그대로 설치할 수 있는 집이 좋지 않을까 싶네."

아슬라가 말했다.

"맞아. 그래도 머물 때마다 정령술로 땅을 조종해 지반을 안정시켜야겠지. 뭐, 리오라면 그런 건 괜찮겠지만, 문제는……."

도미니크가 입가에 손을 대고 혼잣말을 중얼거리기 시작했다.

"……흐음. 보아하니 한참 저러고 있겠군. 리오 도령, 집은 안심하고 도미니크에게 맡겨라. 좋은 집을 만들어줄 거다."

실드라가 말하고 쓴웃음 지었다.

"아뇨, 조언만 받고 직접 만들려고 했는데요……."

"무리일세. 설사 홀로 만들더라도 만드는 사이에 마을 드워프들이 재미있어하며 여기저기서 몰려올걸? 집짓기는 도미니크에게 맡기고 리오 도령은 그동안 아이들과 진 득이 어울려주게나. 그렇지? 라티파."

아슬라가 당황한 리오에게 유쾌하게 말하고 라티파를 떠봤다.

"응, 마을에 있는 동안은 오빠랑 계속 같이 있고 싶어!"

라티파가 리오의 팔을 기운차게 끌어안으며 고개를 끄덕였다.

그 뒤, 리오의 집짓기는 결국 도미니크를 포함한 마을 드워프가 주도하기로 했다. 도미니크는 리오에게 시설과 방 배치 등 어떻게 설계할지 간단하게 듣고 신나서 귀가했다.

그리고 다음 날.

"에헤헤~."

"에헤헤~ 예요."

리오는 라티파와 벨라에게 양팔을 끌어안긴 상태로 마을을 걷고 있었다. 거목의 정령 드뤼어스에게 귀환 인사와 보고를 올리기 위해 마을 거목 뿌리 쪽에 지은 정령전에 가는 길이었다.

마을에서 드뤼어스가 있는 거목까지 걸어서 약 한 시간으로 정령술로 날아가면 코앞이지만, 모처럼이니 피크닉을 겸해 걸어가기로 했다.

리오는 난감한 얼굴로 기분 좋게 미소 짓는 두 소녀가 하는 대로 따랐다.

"어머어머, 리오 군. 돌아오자마자 장난 아닌데."

세 사람은 사이좋게 걷다가 고양이 수인인 아냐와 마주쳤다. 그녀는 리오보다 몇 살 많은 소녀인데 10대 중반에 노화 속도가 현저하게 줄어드는 장명종이라서 그런지 리오가 근 2년 전에 만났을 때와 외모가 거의 달라지지 않았다.

"앗, 아냐 씨! 안녕하세요!"

라티파와 벨라가 입을 모아 기운차게 아냐에게 인사했다.

"안녕. 셋이서 사이좋게 놀러가니?"

"조금 달라요. 조금 이따가 사라 언니네랑 만나기로 했어요."

아냐의 물음에 벨라가 솔선해서 대답했다.

"호오, 호오, 사라 님 분들과. 그럼 오피아 님과 아르마 님도 함께겠네, 리오 군. 양손에 꽃 정도가 아닌데?"

아냐가 흥미롭게 고개를 끄덕이고 히죽 웃으며 리오를 봤다.

"……오랜만입니다, 아냐 씨. 마을에 돌아왔으니 드뤼어스 님께 인사 올리려고요."

리오가 쓴웃음 지으며 아냐의 호기심 가득한 시선을 받아넘겼다.

"후후후, 조금 성장한 것 같네. 누나는 기쁘다. 그리고 엄청 멋있어졌어."

아냐가 만족스럽게 고개를 끄덕이고 태연히 미소 지었다.

"고맙습니다. 아냐 씨도 변함없이 예뻐요."

"냣?!"

리오가 수줍게 고맙다고 하자 아냐가 당황해서 고양이 귀를 떨었다.

"냐?"

라티파와 벨라가 나란히 고개를 갸웃거렸다.

"냐, 냐 참. 무슨 말을 하는 거야, 갑자기. 빈틈이 없네."

아냐가 상기된 목소리로 말했다. 뺨이 살짝 붉어졌다.

"왜 그래요? 아냐 씨."

"……아무것도 아니야, 벨라. 리오 군이 예쁘다느니 갑자기 아첨을 하니까 조금 놀라서 그래. 정말이지, 방어력만 성장한 게 아니라는 건가. 반쯤 순진해서 더 질이 안 좋다니까. 어휴, 정말."

아냐가 태연한 척하며 벨라에게 고개를 젓고 뒷말은 작게 중얼거렸다.

"아첨으로 한 말 아니에요."

리오가 난처한 얼굴로 변명했다.

"됐으니까 어서 드뤼어스 님께 갔다 와. 이 벽창호야. 사라 님 분들을 기다리게 하면 안 돼. 나는 일이 있어서 오늘은 이만."

아냐가 한숨을 내쉬고 피곤해하며 손을 팔락팔락 흔들며 사라졌다. 그러자 벨라가 이상해하며 입을 열었다.

"아냐 씨, 조금 이상했죠?"

"아하하, 그러게. 그런데 아냐 씨의 말처럼 언니들을 기다리게 하면 안 되니까 어서 가자."

라티파가 쓴웃음 지으며 동의하고 리오의 팔을 이끌 듯이 잡아당겼다. 리오 일행은 사라 일행과 합류해 드뤼어스가 머무는 거목으로 향했다.

◇ ◇ ◇

그 뒤, 리오 일행이 정령전 부지에 들어가자 눈앞에 드뤼어스가 현현했다.

"어머나, 누가 왔나 했더니 다 같이 왔네. 어서 오렴. 리오도 있네. 잘 다녀왔어?"

드뤼어스가 공손히 정좌한 그들에게 허물없이 말을 걸었다.

"네. 드뤼어스 님께 인사드리러 왔습니다. 다 같이 음식을 만들어 왔으니 함께 드시죠."

"어머, 일부러 고마워. 아무것도 없는 곳이지만, 환영할게. 따라오렴."

리오가 대표로 용건을 전하자 드뤼어스가 기뻐하며 리오 일행을 환영하고 안으로 안내했다. 리오 일행도 앞서 가는 드뤼어스의 뒤를 쫓았다.

"보아하니 네 정령은 아직 잠들어 있는 모양이네. 하지만 전에 만났을 때보다 기척이 강해. 머지않아 깨어날 것 같아. 여행하는 동안 뭐 변한 거 있어?"

드뤼어스가 걸으며 리오를 보고 물었다.

"아뇨, 특별한 변화는 보지 못했습니다……."

"그래. 뭐, 눈을 뜨거든 한 번 더 들르렴. 이야기도 듣고 싶고, 내가 가르쳐줄 게 있을지도 모르니까."

"네, 고맙습니다."

이야기하며 걷는 사이, 리오 일행은 정령전에 도착했다.

정령전은 석조 건물이다. 정면으로 계단을 올라가면 의식 때 이용하는 넓게 트인 무악전이 있는데 무악전에서 정령전 부지를 한눈에 볼 수 있다. 또, 무악전 정면 안쪽에는 제단이 있다.

하지만 리오 일행은 무악전에 오르지 않고 정령전 옆에 있는 문을 통해 건물 안으로 들어갔다. 위치적으로는 무악전의 바로 아래였다.

"무악전 아래에 이런 곳이 있었군요."

리오가 눈을 크게 뜨며 말했다. 그곳에는 온갖 가구가 구비된 생활공간이 있었다. 대략 60평 정도로, 안쪽으로 그밖에 많은 방이 있었다.

"마을 아이들이 정령전 안에 만들었어. 평소에는 잘 쓰지 않지만, 이렇게 손님이 오거나 정령대제 준비로 마을 아이가 머물 때를 위해서."

"그렇군요."

드뤼어스의 설명에 리오가 이해하고 고개를 끄덕였다.

이른바 게스트룸이었다. 참고로 드뤼어스의 정식 거처는 거목 옹이라고 한다. 그곳에는 아무도 초대받은 적이 없는 모양이지만.

"그건 그렇고, 밥 먹자! 냄새가 좋은데 뭘 가져왔니? 기대돼, 우후후."

드뤼어스가 리오 일행이 든 꾸러미를 보고 생글생글 웃으며 말했다.

"후후, 오늘은 리오 씨가 야구모 지방에서 배운 요리와 과자를 가져왔습니다. 저희도 이것저것 만들어왔으니 꼭 맛봐주세요."

오피아가 말하고 미소 지었다.

일행은 지참한 꾸러미를 풀고 식사를 준비했다. 리오, 라티파, 벨라, 드뤼어스, 사라, 오피아, 아르마 순으로 원탁에 둘러앉았다.

자리에 앉아 원탁 위에 음식을 차리고 드디어 식사를 시작했다.

"어머. 이 나물, 간이 잘 배어서 맛있네. ……그리고 이 조림도. 나물 주먹밥도 훌륭해."

드뤼어스가 우아하게 음식을 먹으며 생글생글 웃었다.

정령에게는 아사(餓死)라는 개념이 없지만, 무언가를 먹어서 마력을 보급할 수 있었다. 일부러 조리한 것을 먹을 필요는 없지만, 드뤼어스는 수제 요리를 즐겨 먹는지 제법 입맛이 까다로웠다.

"조림에 들어있는 새고기가 맛있어요. 간이 잘 배었어요."

벨라가 조림에 들어간 새고기를 집으며 냠냠 주먹밥을 먹었다.

"나는 토란이 좋아아."

라티파는 조림에 들어간 토란이 마음에 드는 모양이었다. 웃음 지은 작은 입을 행복하게 우물거리며 토란 맛을 즐겼다.

"두 사람, 좋아하는 반찬만 먹으면 안 됩니다."

사라가 약간 어이없어하는 표정으로 잔소리했다.

"네―엣!"

라티파와 벨라가 입을 모아 김빠진 대답을 했다. 이러저러하게 평온한 시간이 흘렀다.

식사를 마치고 오피아가 주방에서 차를 내왔다. 주전자싸개에서 찻주전자를 꺼내 잔에 차를 따랐다.

풍성히 피어오르는 차 향기에 리오 일행의 얼굴에 미소가 떠올랐다.

"에헤헤, 디저트, 디저트."

"디저트예요!"

한편, 상 위에는 차에 곁들여 먹을 여러 가지 과자가 올랐다. 라티파와 벨라가 기뻐하며 콧노래를 흥얼거렸다.

"자, 식기 전에 드세요."

오피아가 모두에게 차를 건네고 상냥하게 말했다.

"그럼 호의에 따라…… 음, 맛있어!"

드뤼어스가 기분 좋은 표정으로 향기를 즐기고 잔에 입을 댔다. 입 안에 차의 풍미가 퍼지자 기쁜지 싱글벙글 좋아했다.

"여전히 훌륭한 솜씨네요."

리오도 오피아를 치켜세웠다.

"에헤헤, 고맙습니다. 다음에는 리오 씨가 우려낸 차를 마시고 싶어요. 또 다도회 많이 가져요."

오피아가 쑥스러워하며 리오를 떠봤다.

"네, 기꺼이요."

리오가 흔쾌히 고개를 끄덕였다.

"해냈다. 약속이에요?"

오피아가 기쁜지 멋쩍게 웃고 리오의 얼굴을 들여다보며 다짐하듯이 되물었다. 리오가 "네" 하고 고개를 끄덕이자 한층 더 활짝 미소 지었다.

그러자 리오의 옆에 앉아 대화하는 두 사람을 가만히 지켜보던 아르마가 리오의 옷자락을 슬쩍 잡아당겼다.

"리오 씨, 이 빵은 무슨 과자인가요? 좀 특이한 반죽을 쓴 것 같은데요……."

아르마가 리오의 얼굴을 올려다보며 물었다.

"그건 만주라는 과자예요. 팥소라는 단 앙금을 넣은 게 정통 만주인데 이번에는 크림과 휘핑크림을 넣은 것도 만들어봤어요."

"만주······ 크림과 휘핑크림이요? 맛있을 것 같네요. 먹어도 될까요?"

"물론이죠."

리오가 수긍하자 아르마가 머뭇머뭇 만주에 손을 뻗었다.

"그럼 저도." "저도." "나도~."

다른 사람들도 만주에 손을 뻗었다. 순식간에 모두가 만주를 먹게 됐다.

"맛있어요! 쫀득한 반죽에 팥소와 휘핑크림의 하모니예요!"

각자 만주를 입에 넣자 벨라가 제일 먼저 외쳤다.

다른 사람들도 입 안에 퍼지는 달콤함에 눈을 크게 떴다.

"입맛에 맞는 것 같아 다행이에요."

리오가 기뻐하며 입가에 웃음을 띠었다.

그 뒤로도 그들은 와와 떠들며 과자와 차를 즐겼다. 시간이 순식간에 지나가고 마무리할 시간이 왔다.

"또 오렴. 오늘 같은 모임은 언제든지 대환영이야."

드뤼어스가 무척 기분 좋은 표정으로 리오 일행을 배웅했다.

"네, 또 과자 잔뜩 들고 올게요."

리오가 부드럽게 미소 지으며 인사했다.

"만주로 부탁해. 아, 리오가 여행을 떠난 뒤를 위해서 아이들에게도 만드는 방법을 가르쳐줘."

드뤼어스도 만주의 매력에 흠뻑 빠져버렸다.

"알겠습니다."

리오가 쾌활하게 수긍하자 사라 일행이 기대된다며 기쁘게 웃었다.

"그럼 조심히 가렴. 깜빡한 물건은 없는지 확인했어?"

"네."

드뤼어스가 묻자 리오 일행이 나란히 고개를 끄덕였다.

"아, 아르슬란 군을 부른다는 걸 깜빡했어요!"

나란히 고개를 끄덕인 줄 알았는데 갑자기 벨라가 말했다.

"아하하……. 그러고 보니 벨라가 집에 오기 전에 데려오기로 했었지. 같이 안 왔길래 안 가는 줄 알았는데……."

라티파가 쓴웃음 지었다.

"으아아. 시, 신이 나서 잊어버렸어요. 어, 어서 돌아가서 사과해야 해요!"

벨라가 미안한지 새파랗게 질린 얼굴로 말했다. 그 뒤로 아르슬란의 집에 들러 미묘하게 심기가 불편해진 그를 달래느라 고심해야 했다.

마을에서 지내는 시간이 순식간에 지나갔다.

오피아가 주최한 다도회에 참가하고, 사라와 우즈마를 포함한 마을 전사들과 대련하고, 아르마와 도미니크와 잔을 기울이고, 라티파, 벨라, 아르슬란 세 사람과 함께 마을 아이들과 놀고, 야구모 지방에서 배운 음식을 마을 사람들에게 가르쳐주는 등— 매일 웃음이 끊이지 않았다.

리오가 마을 생활을 만끽하는 한편에서는 도미니크의 주도로 리오의 집짓기가 순조롭게 진행됐다.

마을로 돌아온 지 2주가 흐른 어느 날, 리오는 작업현장에 들렀다. 현장에는 많은 드워프들이 허겁지겁 움직이며 땀을 흘리고 있었다.

"오, 리오. 왔냐."

리오를 발견한 도미니크가 감독 작업을 중단하고 싱글싱글 웃으며 리오에게 다가왔다.

"안녕하세요, 도미니크 씨. 죄송해요, 전부 다 맡겨버려서……."

리오가 죄송해하며 머리를 숙였다.

"신경 쓰지 마라. 내가 멋대로 만드는 거니까. 너는 마을에 그리 오래 머물 수 없잖아. 머무는 동안 애들이나 열심히 상대해줘라."

도미니크가 말하고 리오의 팔을 호쾌하게 퍽퍽 쳤다.

"정말, 고맙습니다. ……그건 그렇고 뭔가 상상 이상으로 엄청난 집이 완성될 것 같은데요."

리오가 면목없어하며 미소 짓고 작업현장을 살폈다. 그곳에는 60평을 가볍게 넘는 부지를 싹 점령한 거대한 바위가 있었다.

"하하하, 그렇지? 그렇지?"

도미니크가 쾌활하게 웃으며 동의했다.

"천연 바위를 가공해서 집을 짓는다는 이야기는 들었습니다만, 속을 파내고 있는 건가요?"

"그래, 땅의 정령술로. 넓어. 공간마술로 일부 확장했고 2층 구조로 만들 거라 방도 많이 만들 수 있어."

"아하하…… 혼자 살기 아까운데요."

리오가 엄청난 규모에 굳은 미소를 지었다.

"뭘, 너도 언젠가 가정을 가질 테니 그래도 쓸 수 있게 만들어야겠다 싶었거든. 나처럼 처자식이 여럿 생기면 이 정도도 부족하다고."

도미니크가 고개를 끄덕이며 말했다. 정령의 주민의 마을은 일부다처, 일처다부를 인정한다. 도미니크는 아내가 네 명이다. 본인이 그래서 그런지, 리오는 뭔 일이 있을 때마다 도미니크에게 일부다처를 권유받았다.

"아뇨, 뭐, 그건 그때가 되어봐야, 아하하……."

리오로서는 일부다처를 실현할 생각이 없어서 -애초에 결혼을 바라지도 않았다- 쓴웃음 지으며 소극적으로 대답하는 수밖에 없었다.

'뭐, 뭐어, 살기 좋은 집이 되는 데는 문제없을…… 거야. 크기는 조금 예상 밖이지만, 주문한 대로 지어주고 있으니 원하는 대로 하게 두자.'

리오는 반쯤 포기하고 생각했다.

리오는 집을 짓기 전에 야영 시, 자연환경에 녹아들 것과 자연의 외적의 침입을 막을 수 있는 튼튼한 집이어야 한다는 조건을 부탁했다. 바위 집이라는 발상은 두 요구에 훌륭히 충족했다. 이제 슈트랄 지방에서 행동할 때, 도시가 아닌 곳에 활동거점을 둘 수 있다.

"어—이, 도미니크 최장로! 잠깐 시간 돼?"

둘이서 대화하는데 현장에 있던 한 드워프가 도미니크를 불렀다.

"오, 날 부르는군. 공사는 우리한테 맡기고 너는 완성이나 기대해라. 완성하면 바로 부를 테니까. 그때는 축하기념으로 한 잔 하자!"

도미니크가 웃으며 말을 남기고 리오를 두고 현장으로 돌아갔다.

"……또 마을 사람들에게 빚을 져버렸네."

리오는 즐겁게 작업하는 드워프들을 보며 난감한 얼굴로 중얼거렸다.

◇ ◇ ◇

그로부터 한 달도 되지 않아 바위로 만든 리오의 집이 완성됐다.

완성된 집 외관은 무척 투박……하다기보다는 출입문과 작은 환기창이 여기저기 있는 것 외에는 정말 그냥 바위로만 보이는 건축물이었다.

하지만 집 안은 외관과 정반대로 쾌적한 생활공간에 특별 주문한 가구까지 구비된 데다, 다양한 마술적 처리까지 끝낸 훌륭한 저택이었다.

완성 후에는 신축 축하 파티를 열었다. 마시고 노래 부르고 야단법석이었다. 신축을 축하한 뒤에는 리오가 시험 삼아 살아보기로 했는데, 당연하다는 듯이 라티파와 둘이서 살게 됐다.

나중에는 벨라와 아르슬란이 묵으러 왔다. 보호자 역할을 겸해 사라 일행도 초대해서 떠들썩한 나날이 이어졌다.

그렇게 계절이 겨울로 바뀌고 새해가 밝아 신성력 1,000년을 맞이했다. 리오가 슈트랄 지방으로 떠나는 날이 바로 내일로 찾아온 어느 날의 일이다.

리오는 바위 집 안에 만든 욕실에 있었다.

일부러 바위 표면을 살린 넓은 욕실 내부와 자랑거리인 바위 욕조와 어우러져 그럴싸한 노천 분위기를 즐길 수 있었다.

리오는 머리카락을 감고, 얼굴을 씻고, 몸을 씻은 뒤, 드디어 욕조에 몸을 담갔다.

"……하아."

한숨을 내쉬며 하루의 피로를 토했다. 그리고 일부러 바위 표면을 살린 천장을 올려다보며 생각했다.

'드디어 내일인가.'

마음이 편해서 오래 머물고 싶지만. 자기 좋을 대로 굴

어선 안 됐다. 멈춰서있을 수 없었다.

슈트랄 지방으로 돌아가면 많은 불쾌한 과거를 떠올리게 될 것이다. 지금의 자신으로 있지 못하고 변할 가능성도 있었다.

그래도 앞으로 나아가기로 정했다. 그러기로 하고 야구모 지방을 떠났다. 그러니 리오는 앞으로 나아가야만 했다. 설령 돌이킬 수 없게 되더라도—.

리오는 심호흡하고 다시 마음을 다잡았다.

"오빠, 들어가도 돼?"

그러자 욕실 입구에서 귀여운 목소리가 들렸다.

"응…… 응?"

리오는 반사적으로 허락했다가 이상한 마음에 목소리가 들린 쪽을 쳐다봤다. 그곳에는 탈의실에서 얼굴을 빼꼼 내밀고 있던 라티파가 리오의 대답에 수건 한 장만 걸치고 쭈뼛쭈뼛 욕실 안으로 들어와 있었다.

"에헤헤."

라티파가 창피한지 쑥스러워했다.

"……."

리오는 입을 다물지 못하고 멍하니 라티파를 쳐다봤다.

연한 주황색 머리카락을 묶어서 드러난 새하얀 목덜미, 다소곳하나마 수건 뒤에 있다고 주장하는 작은 가슴, 마른 체형에 균형 잡힌 허리와 엉덩이, 거기에 가늘고 탄탄한 하얀 다리— 라티파는 이제 막 열세 살이 됐지만, 여성스러운 매력이 묻어나기 시작했다.

"오, 오빠, 그렇게 쳐다보면 창피해."

라티파가 몸을 꼬았다. 리오는 퍼뜩 정신을 차렸다.

"미, 미안. 아니, 여기는 왜?!"

리오가 황급히 라티파의 몸에서 시선을 거두며 물었다.

"그게, 오빠 등을 밀어주고 싶어서. 안 돼?"

라티파가 부끄러우면서도 기뻐하며 수줍어했다. 단순히 동생이 아니라 일단은 이성으로도 본다는 실감이 든 것 같았다.

"안 되냐니, 안 되지. 얼른 나가."

리오가 상기된 목소리로 말했다.

"거, 걱정 마. 수, 수건, 단단히 둘렀으니까. 그리고 오빠, 내일 마을을 떠나는데 오늘 같은 날은 괜찮지 않아?"

"아, 아니, 하지만……."

"오늘만 부탁합니다!"

리오가 난색을 표하자 라티파가 매달리듯이 물고 늘어졌다. 욕조 밖에서 안쪽으로 허리를 숙이자 가슴 부분이 살짝 위험해져서 리오도 제정신이 아니었다.

"아, 아무튼 안 돼. 자, 감기 걸리니까 옷 입고와. 응?"

좋게 거절할 방법을 찾지 못한 리오가 시선을 피한 채로 말했다.

"우으, 그럼 나도 욕조에 들어갈 거야. 그런다?"

라티파가 귀엽게 뺨을 부풀리며 철저히 맞서겠다는 뜻

을 비쳤다. 용기내서 여기까지 왔으니 쉽게 물러날 수 없었다. 창피해서 얼굴을 새빨갛게 물들이면서도 떨리는 손으로 수건을 벗는 시늉을 했다.

"아, 알았어! 알았다고! 진정해, 라티파. 등 밀어줘도 돼."

시야 끝으로 얼핏 라티파의 맨살이 보이자 리오가 황급히 말했다. 라티파는 활짝 웃었다.

"저, 정말?!"

"……응, 오늘만이야."

리오가 단념하고 고개를 끄덕였다.

"응! 그럼, 이리로, 이리로."

라티파가 재빠르게 씻는 곳으로 이동했다.

"그럼 나간다?"

"응."

리오는 라티파가 눈을 돌린 것을 확인하고 욕조에서 일어나 재빠르게 허리에 수건을 감았다. 그리고 라티파 쪽으로 걸어가 욕실의자에 앉았다.

"에헤헤."

라티파는 기뻐하며 헤 웃었다.

'등을 밀어주는 것뿐인데.'

리오가 우스운 듯이 미소 지었다.

"그럼 등 밀게. 음, 안 민 데 있으면 말해줘."

"응, 알았어."

라티파는 수건에 비누를 묻혀 거품을 내고 어색한 손놀

림으로 리오의 등을 밀었다. 단단히 벼르고 온 것치고 쭈
뼛거렸다. 그렇게 묵묵히 손만 벅벅 움직이는 동안 점점
무심해졌다.

한편, 리오는 아직도 정신이 없긴 했지만, 제법 평정을
되찾았다. 이야깃거리로 삼을 괜찮은 말은 못 찾았지만,
열심히 등을 미는 라티파의 손놀림을 느끼며 기쁘게 미소
지었다.

"라티파, 이제 됐어. 고마워."

잠시 뒤, 리오가 부드럽게 고맙다고 했다.

"으, 응. 그럼 물 부을게."

첨벙, 라티파가 조약돌처럼 생긴 온수용 마도구를 건드
려서 목욕바가지에 뜨거운 물을 담아 리오의 등에 부었다.

"……역시 오빠 등은 크네."

라티파가 여러 번 물을 뿌리다 툭 중얼거렸다.

"그래?"

"응……. 다음에 만났을 때는 더 커졌을까?"

"글쎄, 이제 더 안 자랄 것 같은데, 잠깐, 라, 라티파?!"

리오는 쓴웃음 지으며 대답했다가 갑자기 등 너머로 부
드러운 감촉이 느껴져 흠칫했다. 라티파가 리오를 뒤에서
천천히 끌어안았기 때문이었다. 어느새 서로의 뺨이 닿을
정도로 얼굴이 다가왔다.

"……왜 그래, 갑자기?"

리오는 목소리에서 동요가 느껴지지 않게 조심하며 물

었다. 수건 너머로 라티파의 체온이 느껴졌다. 피부가 닿은 부분은 특히 뜨거웠다.

"오빠…… 이번에도 마을로 돌아올 거지?"

라티파가 불안해하며 물었다.

"……라티파?"

리오가 라티파의 안색을 살피며 이름을 불렀다.

"돌아올 거지?"

라티파가 매달리듯이 같은 질문을 했다.

그러나 리오는 마음이 들킨 것 같아 떳떳하지 못하게 시선을 피하고 말았다. 리오는 바로 입술을 깨물며 눈을 감았다.

"……라티파가 기다려준다면, 돌아올게."

자기 마음을 더듬듯이 천천히 대답했다.

"싫어. 안 돌아오면 싫어."

라티파가 토라졌는지 입술을 내밀고 당장 자기 뜻을 내비쳤다.

"……그래. 그럼 돌아와야겠네."

리오가 창피함을 억누르고 쓴웃음 짓더니 미안해하며 말했다. 라티파의 안색이 조금 밝아졌다.

"응. 이번에는 일찍 돌아와. 부탁이야."

"응, 약속했잖아. 시간 내서 돌아올게."

리오가 미소 지으며 고개를 끄덕였다. 라티파와 이야기하며 한순간이라고는 하나 떳떳하지 못했던 것은 앞으로 복수의 길을 걸을 자신에게 돌아올 곳이 있어도 되는 걸까, 저항감을 느꼈기 때문이었다.

그래도 마을로 돌아오고 싶다는 마음은 진심이었다. 그러면 라티파가 자신을 필요로 하는 한은, 또 돌아오자. 리오는 그렇게 생각했다.

"……라티파. 감기 걸릴 지도 모르니까 욕조에 몸 좀 담글까?"

여전히 달라붙어 있는 라티파에게 리오가 쓴웃음 지으며 제안했다.

"어…… 으, 응! 그래, 에헤헤."

라티파는 서둘러 리오에게서 몸을 떼고 쑥스러워했다.

◇ ◇ ◇

다음 날 아침, 리오는 출발하고자 마을 광장에 왔다.

친숙한 얼굴들과 마을 최장로들이 배웅을 나왔다. 리오가 사라 일행과 이별 인사를 마치자 끝으로 세 최장로가 리오에게 다가왔다.

"리오 도령, 이걸 가져가게."

아슬라가 리오에게 주먹만 한 비취색 정령석을 건넸다.

"……이 정령석은, 마도구인가요? 어떤 술식이 봉인된 것 같은데요."

리오가 손에 든 정령석을 빨려들어가듯이 쳐다봤다. 정

령석은 내부에 술식을 봉인해서 마도구로 사용할 수 있는데, 마력을 볼 수 없으면 평범한 정령석으로밖에 보이지 않았다. 리오의 눈은 내포된 술식을 보고 있었다.

"이것은 설정한 좌표로 전이할 수 있는 공간마술이 담긴 전이결정이라는 마도구일세. 발동키가 되는 주문은 《전이마술》. 마을로 좌표를 설정했으니 이걸 쓰면 편하게 마을로 돌아올 수 있네. 뭐, 일방통행이라 원래 있던 장소로 돌아갈 수는 없지만."

아슬라가 리오에게 전이결정을 설명했다. 참고로 오작동을 막기 위해 발동키가 되는 주문만 외워서는 마술이 발동하지 않는다.

"……이런 물건을. 혹시 새로 만든 건가요?"

"음. 옛날에는 마을에 여럿 있었지만, 오랜 역사를 거쳐 필요하지 않게 됐지. 소재가 된 정령석은 술식을 빼고 다른 마도구로 바꿔 이용했대나 어쨌대나……. 마을 밖으로 나가는 사람이 거의 없으니 말일세. 하지만 리오 도령은 마을 밖으로 빈번히 나가니, 있는 편이 편리하지 않겠나?"

"이만한 크기에 고품질인 정령석. 귀중한 물건이지 않습니까?"

너그러운 아슬라의 말에 리오가 물었다.

정령석이란 앞서 말한 대로 그 자체에 마술을 담아 마도구로 쓸 수 있는데, 그 외에도 마도구의 순수한 에너지원으로 쓰거나, 속에 마력을 모아두고 여차할 때 마력회복제로 쓰는 등, 폭넓은 용도로 쓸 수 있었다.

돌의 품질에 따라 담을 수 있는 마력 한계량에 차이가 있고, 담긴 마력의 양에 따라 색이 변한다. 그중에도 에메랄드그린으로 변화 가능한 정령석은 고품질에 방대한 마력을 품고 있다는 증거이기도 했다.

또, 크기가 클수록 담을 수 있는 마력의 양도 느는 것이 하나의 도리인데, 품질 차이에 따라 그 도리가 간단히 뒤집히는 것 또한 도리였다.

"뭘, 우리는 오랜 세월에 걸쳐 정령석을 만들고 있네. 비축해둔 질 좋은 돌이 있으니 신경 쓸 필요 없네."

아슬라가 쾌활하게 웃으며 고개를 저었다.

"하지만 여태껏 받은 것도 그렇고, 이것저것 너무 많이 받아서 마음이 안 좋아요. 돌아와서 집 지어주신지도 얼마 안 된데다, 전에 받은 무기와 방어구에 『시공의 장』말고도 지금까지 질 좋은 정령석을 얼마나 받았는데요."

리오는 몹시 면목없어하며 얼굴에 그늘을 드리웠다.

"됐다, 됐어. 전에도 말했잖아, 너는 우리의 맹우라고. 맹우가 여행을 떠나는데 아무것도 들려 보내지 않으면 정령의 주민의 이름에 금이 간다. 얌전히 받아가. 뭐, 그걸 만든 건 실드라와 아슬라지만."

도미니크가 쾌활하게 웃고 실드라와 아슬라를 봤다.

"남은 정령석 썼을 뿐. 만드는 수고만 들었다. 공간마술은 술식이 복잡하여 좌표 설정에 좀 시간이 걸렸지만, 대단한 일은 아니다."

실드라가 어딘가 부끄러운 듯이 미소 짓고 고개를 저었다.

"호호호. 리오 도령이 야구모 지방에 있는 동안, 라티파가 쓸쓸해서 말일세. 이번에는 좀 더 빨리 돌아와 준다면 그걸로 됐네. 이것저것 더 이야기해봐야겠지만, 언젠가 그것으로 라티파를 리오 도령의 사촌누이와 만나게 해주는 것도 좋겠군."

아슬라도 결정타를 날렸다.

"……여러모로 신경써주셔서, 정말, 고맙습니다."

리오는 깊이 고개를 숙였다.

"뭐, 그런 거야. 저기 있는 딸내미들도 리오 꼬마가 있는 편이 기쁠 테니까. 좀 더 정기적으로 돌아와 줘라."

도미니크가 씨익 입가에 미소를 띠고 사라, 오피아, 아르마 세 사람을 보며 말했다.

"최장로님!" "큰할아버님!"

사라와 아르마가 당황해서 뺨을 붉히며 소리쳤다. 한편, 오피아는 자기 무덤을 파지 않으려고 웃으며 수줍어했다.

"아이고, 무섭다, 무서워."

도미니크가 과장스럽게 몸을 떨며 허둥지둥 뒤로 물러났다.

그러자 라티파가 리오에게 경쾌한 걸음으로 다가왔다.

"다녀와, 오빠."

그리고 리오를 안았다.

"응, 다녀오겠습니다."
리오는 다정히 미소 지으며 라티파의 머리를 쓰다듬었다.

【 제 2 장 】✻ 돌아온 순간

  정령의 주민이 사는 마을을 떠난 지 약 2주 뒤.

  리오는 몇 년 만에 슈트랄 지방의 땅을 밟게 됐다.

  현재 있는 곳은 가르아크 왕국의 남서부에 위치한 교역 도시 아망드. 크레티아 공작령에 있고, 예전에 리오가 슈트랄 지방을 떠나기 전에 들른 도시였다.

  하지만 아망드는 큰 성장을 이뤄 몇 년 전과 많이 달라졌다. 아니, 이뤘다기보다는 지금도 계속 성장 중인 것 같았다. 하늘에서 도시에 접근해 내려다보니 현재진행형으로 숲을 개척하고 도시 영역을 확보하려는 모습이 보였다.

  '일단 내려가서 정보를 모아볼까.'

  설마하니 도시 안에 당당히 착륙할 수는 없어서 리오는 일단 아망드 주변에 펼쳐진 숲속으로 내려가기로 했다. 아망드는 입지적으로 서쪽으로는 벨트람 왕국, 남쪽으로는 센트스텔라 왕국과 가까워 각국의 정세를 알기에 안성맞춤이었다.

  인기척이 없는 곳을 골라 길에 접어들었다. 숲을 나와 아망드 외곽을 보니 도시의 성장이 더 강하게 느껴졌다. 몇 년 전에 한 번 봤던 광경인데 하나도 기억나지 않았다. 뭐, 도시 면적이 넓어지면 도시 경계도 확대하니 당연한 일이지만.

하늘에서 도시 중심부에 지은 견고한 성벽을 봤는데, 도시 경계는 나무울타리만 둘러놨다. 리오는 길을 지나 동쪽에서 도시 안으로 들어갔다.

'역시나 처음 보는 건물뿐이야. 아니면 그냥 기억이 안 나는 건가?'

리오는 도시 풍경을 신기하게 응시했다.

몇 년 전, 아망드에는 거의 하루만 머물러서 도시 풍경이 그리 선명하게 기억나지 않았다. 그래도 도시에 활기가 넘치는 점은 몇 년 전과 변함없었다. 아니, 어쩌면 몇 년 전보다 더 활기가 넘치는지도 모르겠다. 메인 스트리트에 즐비한 노점마다 상인들이 호객 행위를 하고 있었다.

그렇게 그리움을 느끼며 걷고 있으니 리오의 눈에 드디어 기억나는 건물이 들어왔다. 그 당시, 하룻밤 묵은 여관이었다.

'여기서 묵었었지. 여관에 있던 아이의 이름이 뭐였더라? 뭐, 그 아이도 날 기억하지 않겠지.'

술주정뱅이와 얽히는 바람에 일이 성가셔졌었지, 리오는 씁쓸하게 웃었다. 공교롭게도 지금은 여관에 볼일이 없어서 그대로 지나쳤다.

그때였다.

아망드를 기준으로 동서남북 모든 방향에서 눈부신 여섯 개의 빛기둥이 솟구쳤다. 빛기둥은 마술적인 현상 또는 정령술에 인해 일어난 현상인지 슈트랄 지방에 오드와 마나의 파동을 퍼뜨리고 대기까지 흔들기 시작했다.

정령술사로서 뛰어난 오드와 마나 지각 능력을 지닌 리오뿐만 아니라 아망드에 있는 주민들도 곧 빛기둥을 알아차렸다.

"저거 봐!" "저기에도 있어!" "전부 색이 달라." "괴, 굉장해. 뭐야, 저거."

순식간에 도시가 소란스러워졌다. 모두 다양한 방향을 보며 멀리서 솟구친 적, 청, 백, 녹, 갈, 황색의 빛기둥을 응시했다.

리오도 멍하니 빛기둥을 쳐다봤다.

"윽?!"

순간, 두근, 거센 심장 박동 같은 것을 느끼고 놀라서 눈을 크게 떴다. 반사적으로 가슴에 손을 대니 점점 따뜻해지고 있었다.

'하루토. ⋯⋯하루 ⋯⋯없어. ⋯⋯와줘, ⋯⋯줘.'

리오의 머릿속에 묘하게 낯익은 소녀의 목소리가 울려 퍼졌다.

"⋯⋯누구야?"

리오가 놀라서 입을 열었다. 내용은 거의 들리지 않았지만, 분명히 소녀의 목소리가 들렸다. 하지만 주위를 둘러봐도 목소리의 주인다운 인물은 아무도 보이지 않았다.

'감각을⋯⋯ 예민하게 해. 남동쪽으로, 가. 거기서⋯⋯ 가, 기다리니, 까.'

다시 소녀의 목소리가 울렸다.

다음 순간, 리오는 갑자기 감각이 날카로워진 것을 느꼈다.

"이건……."

리오는 이 느낌을 알았다– 아니, 전에 한 번 체험한 적 있었다.

이 세계에서 아마카와 하루토의 기억을 막 되찾았을 때였다. 고아였던 리오는 지저분한 오두막에서 플로라와 만나고 정체불명의 남자에게 습격당했다. 그때도 이상한 소녀의 목소리가 들리더니 감각이 예민해져서 궁지를 빠져나올 수 있었다.

"……남동쪽으로 가면 돼?"

리오가 머뭇거리며 물었다.

그러나 대답은 없었다. 어느새 빛기둥도 사라졌다.

이렇게 되니 정말로 목소리가 들렸는지조차 알 수 없었다. 어쩌면 잘못 들었을 수도 있었다. 하지만 리오는 한 가지 짐작 가는 데가 있었다.

'내 안에 잠든 정령의 목소리인가?'

리오는 목소리가 들리기 직전에 느낀 심장 박동이 자기 안에 머무는 정령 소녀 때문에 생긴 건 아닐까 싶었다.

그러나 목소리의 주인은 남동쪽으로 가라고 했다. 거기서 누군가가 기다리고 있다고. 그 누군가가 목소리의 주인일까? 그렇다면 리오 안에 머무는 정령이 아니게 된다.

'……모르겠어.'

리오는 고통스럽게 고개를 저었다.

생각한다고 답이 나올 리 없었다.

하지만 자신을 한 번 구해준 소녀의 지시였다.

"⋯⋯가보자."

리오는 우선 남동쪽으로 가보기로 했다. 당장 발을 돌려 당황해서 술렁이는 민중 사이를 뚫고 나와 지나온 길을 되돌아가 도시 밖을 향해 걸었다.

그로부터 몇 분 뒤, 아망드 주변에 펼쳐진 숲으로 들어가 정령술로 하늘로 날아오른 리오는 남동쪽을 향해 날아갔다.

머릿속에 들린 목소리를 따라 리오는 남동쪽으로 나아갔다. 하지만 약 한 시간 가까이 천천히 하늘을 날아 주위를 주의 깊게 둘러봤지만, 특별히 이상해 보이는 점은 찾을 수 없었다.

애초에 지시 내용이 남동쪽으로 가라는 것뿐이라 상당히 막연했다. 남동쪽으로 얼마나 가야 하는지도 몰랐다. 상황과 묘한 두근거림에 자극받아 움직이긴 했지만, 결국 냉정해졌다.

'그만 돌아갈까.'

그렇게 생각한 순간이었다. 아까부터 묘하게 예리해진

감각이 눈 아래에 펼쳐진 초원지대 한 부분의 오드와 마나가 심하게 흐트러진 것을 발견했다.

"……저기는 뭐지? 마치 시공마술을 쓴 다음에 나타나는 일그러짐 같은 게……."

리오는 숨을 삼키고 눈을 크게 떴다. 고동색 눈은 대기 중에 몰려있는 오드의 빛을 보고 있었다. 그것은 시공마술을 쓴 뒤에 생기는 특유의 현상과 비슷했다.

'잔류 마력 양이 심상치 않아. 그다지 오래된 것 같지는 않은데…… 누가 전이마술이라도 썼나?'

리오는 현장에 남은 상황을 보고 냉정히 추측했다. 하지만 하늘에서 본 바로는 현장은커녕 주변 초원지대에도 인영은 없는 것 같았다.

'그럴싸한 술식은 안 보이는데. 그럼 랜덤하게 전이하는 마술이거나 전이해서 온 건가…… 어느 쪽이든 슈트랄 지방의 마술수준으로는 기초적인 시공마술도 다룰 수 없어. 가능성이 있다면 고대 마도구인가. 아무튼 내려가 보자.'

리오는 상황 추측을 끝내고 일단 현장에 내려가기로 했다. 초원에 발을 디디자 쏴아아 싸늘한 바람이 불어와 더부룩하게 자란 풀을 흔들었다.

리오는 무슨 흔적이 없나 주의 깊게 주위를 둘러봤다.

'길에서 제법 떨어져있고 숨어서 무언가를 하기 딱 좋은 곳인데, 이건, 발자국……?'

정령술로 강화한 리오의 눈이 풀을 밟은 희미한 발자국

을 발견했다.

발자국은 세 사람 분. 모두 곧장 남쪽으로 이어졌다. 슈트랄 지방 최남동쪽에 있는 대국, 센트스텔라 왕국이 있는 방향이었다.

'전이마술로 누가 여기 온 건 틀림없는 것 같아. 우연 같지는 않은데, 아까 들은 목소리의 아이가 한 말은 여기 나타난 누군가를 가리킨 건가?'

아무래도 좀 더 조사할 필요가 있을 것 같았다. 리오가 작게 숨을 내쉬고 정령술로 날아올라 발자국을 더듬으며 다시 이동했다.

정령환상기

　시간을 조금만 뒤로 돌리자.

　리오가 초원지대에 도착하기 약 한 시간 전의 일이다.

　리오가 시공마술 특유의 현상인 흐트러진 오드와 마나를 발견한 장소에 교복을 입은 **여고생**, 교복을 입은 **여중생** 사복을 입은 **초등학교 남학생**이라는, 이 세계 사람의 눈에는 기묘한 꼴을 한 세 일본인이 초원 위에 덩그러니 서 있었다.

　"……미하루 언니?"

　중학생 소녀가 스마트폰을 응시하던 미하루라는 이름의 여고생에게 쭈뼛쭈뼛 말을 걸었다. 몇 십 초 전까지만 해도 여러 개의 빛기둥이 슈트랄 지방의 하늘을 꿰뚫었지만, 그들이 알 턱이 없었다. 도대체 뭐가 어떻게 됐고, 왜 자기들이 이곳에 있는지조차 몰랐다.

　"아, 음…… 서비스 지역이 아닌가봐. 마, 망가졌나?"

　미하루는 『권외』라고 뜬 스마트폰 화면을 멍하니 바라보다 이름을 불리자 힘껏 웃는 척하며 대답했다.

　"마, 망가지다니……."

　중학생 소녀의 표정이 불안으로 어두워졌다.

　"워프……라도, 한 건가, 이거?"

　초등학생 소년이 반신반의해서 고개를 갸웃거리며 중얼

거렸다. 막 아까까지 서 있었던 현대적인 거리가 휙 바뀌었고, 정신을 차려보니 초원지대였다. 「말도 안 돼」 짧게 한마디로 표현하자면 이 말밖에 없었다.

"그럴 리 없잖아. 네가 좋아하는 게임인 줄 알아?"

중학생 소녀가 차갑게 부정했다.

"그럼 이 상황을 어떻게 설명할 건데?"

초등학생 소년이 울컥해서 반박했다.

"모, 몰라. 꾸, 꿈이라던가……?"

"내 말이랑 별반 다르지 않잖아."

중학생 소녀와 초등학생 소년이 화난 말투로 말싸움을 벌였다. 갑자기 영문 모를 상황에 놓이는 바람에 공격적이게 된 모양이었다.

"아키, 마사토. 일단 진정하고 상황을 정리해보자, 응? 둘 다 여기 오기 전에 어디 있었는지 기억나?"

미하루가 심호흡하고 두 사람을 달랬다. 연장자인 자신이 정신을 똑똑히 차려야 했다.

"어디 있었냐니…… 학교 시업식이 끝나고 다 같이 모였었잖아?"

마사토라고 불린 초등학생 소년이 망연자실해서 한숨을 내쉬고 대답했다.

"우리 말고 사츠키 씨랑 타카히사 군도 있었지?"

미하루는 재빨리 다음 질문을 던졌다.

"응, 있었어."

마사토가 망설이지 않고 수긍했다.

"아키도 같아?"

"응…… 다 같이 주택가에 있었어."

미하루의 물음에 아키라고 불린 중학생 소녀가 고개를 끄덕였다.

"둘 다 풍경이 바뀌기 전에 뭐 이상하다 느낀 거 없니? 뭐라도 좋으니 가르쳐줘. 나는 사츠키 씨와 이야기하다가 갑자기 눈앞이 일그러지는 것 같았어."

미하루는 자기가 알아차린 것을 보고하며 두 사람에게 질문을 던졌다.

"……나도 오빠랑 이야기하고 있었는데 풍경이 일그러진 것 같아."

"듣고 보니 나도 풍경이 일그러진 것 같기도 하고……."

아키가 대답하자 마사토가 신음하며 고개를 갸웃거렸다.

"셋 다 짐작 가는 게 있다면, 착각은…… 아닌 건가?"

미하루가 중얼거렸다. 아직 아무것도 모른다는 것은 달라지지 않았지만.

아까지만 해도 조용한 주택가를 걷고 있었는데 주변 일대가 초원으로 바뀌었다. 눈에 들어오는 것은 바위, 언덕, 산 정도. 인공물은 하나도 보이지 않았다. 미하루 일행이 원래 있었던 곳에서 몇km를 이동하든 이런 풍경이 펼쳐질 일은 없을 터였다.

냉정히 생각해보니 너무 비과학적인 상황이라 살짝 기

분이 나빠졌다. 마사토의 말대로 워프라도 한 것일까.

미하루는 정체를 알 수 없는 공포를 느끼고 몸을 가늘게 떨었다.

"있지, 역시 워프라도 한 거 아냐? 애초에 여기 일본이긴 해?"

마사토가 의아하게 주위를 둘러보며 미하루와 아키에게 물었다.

"그러니까 알 턱이 없잖아. 스마트폰 전파도 안 터지고."

아키가 톡 쏘며 부정했다.

"이, 일단, 여기에 머무를지 이동할지 정하자."

미하루가 두 사람에 제안했다. 대화가 처음으로 돌아갈 것 같아서 의문은 일단 보류하고 앞으로의 방침으로 화제를 유도하기로 했다.

"그런데 이동하면 여기로 못 돌아오지 않아? 누가 구하러 올지도 모르는데…… 그래도 돼?"

아키가 불안해하며 말했다. 근거는 없지만, 여기 남아있으면 우연히 원래 있던 곳으로 돌아갈 수 있지 않을까, 막연히 생각하는 모양이었다.

조난됐을 때의 대책으로 조난당한 장소에서 움직이지 않고 구조를 기다린다는 생각이 완전히 틀린 것은 아니었다. 괜히 돌아다녀서 체력을 소모하는 것보다 장기전을 각오하고 체력을 보존하며 구조를 기다리는 편이 구조될 가능성이 컸다.

그러나 그것은 어디까지나 구조 가능성이 있고 장기적으로 버틸 수 있는 물자가 있을 경우의 이야기였다. 예를 들어 등산한다고 쳤을 때, 지인에게 사전에 하산 예정일을 보고했을 때라던가.

"누가 구하러 올 거란 보장이 없잖아. 여기는 길도 없어. 애초에 우리가 여기 있다는 걸 누가 알아?"

마사토의 의문은 정당했다.

"그건, 그렇지만……."

아키가 기가 눌려 동의했다.

"이곳에 머물더라도 지붕이나 벽이 없는 건 조금 위험한 것 같아. 날씨도 쌀쌀한데 비가 내리면 피할 곳이 없고 물과 음식도 거의 없어……."

미하루가 이곳에 머물 시의 단점을 들었다.

말하는 동안 점점 절망에 빠졌다.

"나, 물이랑 음식 없어."

"나도……."

마사토와 아키의 얼굴이 파랗게 질렸다.

"나, 나한테 차랑 비스킷이 있어. 걱정 마!"

미하루가 서둘러 학교가방을 열어 속에 든 물통과 수제 비스킷을 꺼내 밝게 행동하며 두 사람을 북돋았다. 하지만 갖고 있는 음식양이 너무 걱정스러웠다.

'이정도 양이라면 애들에게 전부 주더라도 금방 떨어질 거야……. 그 전에 무슨 수를 내야 해.'

미하루는 냉정하게 상황을 분석하면서도 점점 초조해졌다.

"역시 사람을 찾아보자. 여기 있어봤자 굶어죽거나 얼어죽기만 할 거야."

마사토가 불안해하며 제안했다. 연장자인 미하루가 냉정함을 잃지 않고 곁에 있어줘서 이성을 잃지는 않았지만, 현재 상황이 얼마나 위험한지 절절히 느낀 모양이었다.

"아키는 어떻게 생각해?"

미하루가 아키에게 물었다.

"으, 응. 나도 찬성…… . 근데 어디로 가?"

아키가 쭈뼛쭈뼛 수긍하고 초원이 펼쳐진 주위를 불안스레 둘러봤다.

미하루라고 그런 걸 알 리 없었다.

"그럼 저쪽으로 가볼까? 반대쪽은 멀리 산이 있는 것 같으니까."

하지만 미하루는 불안을 억누르고 남쪽을 가리켰다.

◇ ◇ ◇

세 사람은 방향을 정하고 묵묵히 발을 움직였다. 10분, 20분을 걸어도 인공물은 보이지 않았다. 보이기는커녕 사람 그림자 하나 안 보였다.

공기는 서늘하고 건조했다. 걷기만 해도 목이 말랐다. 한 시간 정도 걷자 미하루는 두 사람에게 물통에 든 차를 한 모금씩 마시게 했다.

　음료수가 이것뿐이라 절약해야 했지만, 수분보충은 어느 정도 자주 해야 했다. 운동 중에는 특히나.

　'하다못해 시냇물이라도 있으면 좋을 텐데…….'

　미하루가 불평하지 않고 따라오는 두 사람을 이끌며 절실히 생각했다.

　그때였다.

　"……아, 사람이다. 저거 사람 아니야?!"

　갑자기 마사토가 말했다.

　"어? ……저, 정말! 사람, 사람이야! 미하루 언니!"

　아키가 기뻐하며 들뜬 목소리로 말했다.

　아키와 마사토의 시선 먼 곳에 확실히 사람 그림자 같은 것이 있었다. 얼마나 떨어져 있는지는 알 수 없지만, 많은 사람이 대열을 이루어 서 있는 게 보였다. 더 자세히 보니 말 같은 생물이 무언가를 끄는 모습도 보였다.

　'저건 말……이지?'

　미하루는 너무나 시대착오적인 광경에 조금 어이가 없었다.

　"미하루 언니! 안 가? 사람이야!"

　아키가 미하루의 옷자락을 잡아당겼다.

　"으, 응. 그……래."

　미하루는 모호하게 고개를 끄덕였다. 우리는 대체 어디에 온 것일까, 불안하게 생각하면서. 마음속에는 불안만이 아니라 희미한 경계심도 존재했다.

"저기요-!"

미하루의 마음을 아는지 모르는지 마사토가 큰소리로 자기들을 알렸다.

"여기요-!"

아키도 마사토를 따라 소리쳤다.

"사람 있어요-!"

마사토와 아키의 큰 목소리가 차츰 하나가 됐다. 사람이 있다. 사람이 있다는 사실이 원인불명의 조난상태에 빠진 그들에게 가져온 안도감은 헤아릴 수 없을 만큼 컸다.

두 소년소녀는 소리를 지르고 손짓발짓을 하며 필사적으로 자기들을 알렸다.

그러자 그들을 알아차렸는지 대열에서 인영이 빠져나왔다. 인영은 셋. 굉장히 빠르게 미하루 일행에게 다가왔다.

마사토와 아키는 그들이 오는 것을 보고 기뻐하며 손을 흔들었다.

"……어, 말?"

그러나 곧 몸이 굳어버렸다. 다가오는 인영이 말을 타고 있다는 것을 깨달았다. 마사토 일행이 굳어있는 동안, 말을 탄 사람들이 코앞까지 다가왔다.

『***!』

말을 타고 앞서 달리던 남자가 소리쳤다.

그러나 미하루 일행은 그게 무슨 말인지 하나도 알아듣

지 못했다.

『***, ***!』

앞에서 달리던 리더로 보이는 남자가 소리치자 그들이 일제히 정지했다.

말에 탄 사람들은 모두 외모가 험상궂은 남자들이었고, 미하루 일행과 명백히 다른 인종이었다. 체격 좋은 몸에 가죽으로 만든 경갑옷을 입고, 허리에 찬 검집에는 묵직한 금속 검이 꽂혀 있었다. 미하루 일행은 그들의 말을 여전히 알아들을 수가 없었다.

남자들은 멈춰 선 말을 워워 진정시키고 미하루 일행을 힐끗 내려다봤다. 아키와 마사토는 겁을 먹고 뒷걸음질 쳤다.

"아, 저기…… 이, 일본어, 할 줄 아세요?"

미하루도 겁먹기는 마찬가지였으나 아키와 마사토를 감싸며 앞으로 나섰다. 뭔가 말하려고 입을 열고 떨리는 목소리로 순간적으로 떠오른 질문을 던졌다.

『*, ***?』

리더로 보이는 남자가 의아해하며 고개를 갸웃거렸다.

『여기가 어딘지 아세요? 저희가 길을 잃어버려서요…….』

미하루는 포기하지 않고 영어로 물었다.

『****』

리더로 보이는 남자가 소통을 포기했는지 고개를 가로저었다.

"앗, 영어도 안 돼? 그럼, 음, 어떡하지…… . 내, 내 발음이 안 좋았나?"

의사소통에 실패하자 미하루는 점점 불안해졌다. 초조함이 끊이지 않고 늘어갔다. 불쾌한 심장박동이 미하루의 가슴을 압박했다.

아키와 마사토는 미하루의 뒤에서 위축된 모습으로 입을 다물고 있었다. 일상에서 한 번도 대화를 나눠본 적 없는 이방인을 앞에 두고 겁을 먹었다. 무리도 아니었다. 더구나 상대방은 검으로 무장했다.

『***, ***************? *********』

말을 탄 한 남자가 히죽히죽 미하루의 얼굴과 몸을 훑으며 리더로 보이는 남자에게 무슨 말을 했다. 매너 없는 불쾌한 시선을 느낀 미하루가 몸을 움찔했다.

『**, ******』

리더로 보이는 남자가 대답처럼 뭐라 말하고 입가에 훗미소를 지었다. 시선은 역시나 미하루를 좇았다.

『*****************. ************』

다른 한 사람도 무슨 말을 하고 미하루의 뒤에 있는 아키와 마사토를 쳐다봤다.

"뭐, 뭐야?"

"있지, 이거, 위험하지 않아?"

아키와 마사토가 자기들을 내버려두고 대화를 나누는 남자들을 불안하게 올려다보며 말했다.

『****, ****』

리더로 보이는 남자가 무슨 말을 했다. 그러자 다른 남자들이 재빠르게 말에서 내리더니 미하루 일행을 향해 성큼성큼 걸어왔다.

미하루는 얼른 아키와 마사토를 감싸듯이 양팔을 펼치고 홀로 앞에 나섰다. 마사토의 말대로 안 좋은 예감이 들었다. 아니, 이미 늦었을지도 모른다고 생각했다.

미하루 일행은 한 발 한 발 뒷걸음질 쳤다.

"오, 오지 마!"

잠시 뒤, 미하루의 뒤에 있던 아키가 갑자기 소리 질렀다. 겁을 먹었는지 목소리가 떨렸다. 남자들을 위협하듯이 노려봤지만, 뱀 앞에 놓인 개구리 꼴이었다.

허세 부리는 아키를 보고 다가오던 한 남자가 껄껄 웃었다.

그리고 리더로 보이는 남자가 허리에 찬 검집에서 천천히 검을 뽑았다. 검의 광택과 중량감은 도저히 가짜처럼 보이지 않았다.

『***, ***!』

리더로 보이는 남자가 갑자기 미하루 일행에게 노성을 내질렀다.

아키가 "히익!" 작게 비명을 흘렸다. 마사토도 몸을 움찔거렸다.

미하루는 온몸을 좀먹는 기분 나쁜 느낌에 발이 얼어버렸다. 마치 심장을 덥석 잡힌 것 같았다.

"도, 도망치자! 빨리!"

마사토가 말했다.

"으, 응!"

아키가 힘차게 고개를 끄덕였다.

"얘들아, 도망치면 안 돼!"

미하루가 퍼뜩 정신을 차리고 황급히 아키와 마사토의 손을 잡았다. 남자들은 말을 탔고, 무기가 있었다. 이런 사람들에게서 도망칠 수 있을 것 같지 않았고, 도망치면 살해당할 수도 있다는 생각이 들었다. 무엇보다 남자들의 분위기가 심상치 않았다.

"어, 아, 하지만……."

아키가 뭔가 말하려다 말꼬리를 흐렸다.

"도망치면 안 돼. 우리한테 무슨 짓을 할지 모르니 얌전히 따라줘. 응? 부탁해."

미하루가 속삭이고 두 사람의 손을 잡은 채로 양손을 들어 저항하지 않겠다는 뜻을 내비쳤다. 공포 때문에 손이 가늘게 떨렸다.

『****』

리더로 보이는 남자가 저항할 뜻을 잃은 미하루 일행을 비웃듯이 코웃음을 치고 말 위에서 두 남자에게 뭔가 지시를 내렸다. 지시받은 남자들은 천천히, 들고 있던 밧줄로 먼저 아키와 마사토의 양손을 묶었다. 게다가 두 사람이 갖고 있던 학교가방을 빼앗고 말 곁으로 끌고 가 두 사람을 안장에 동여맸다.

아키와 마사토는 마땅찮아 했지만, 미하루의 말대로 얌전히 따랐다. 두 사람은 홀로 남은 미하루를 불안하게 바라봤다.

그러자 아키와 마사토를 감시하는 역할로 한 남자가 남고 다른 남자가 미하루에게 다가갔다. 남자가 추잡한 눈초리로 미하루를 쳐다보고 휘유 기분 좋게 휘파람을 불었다. 그리고 끈적끈적한 손놀림으로 미하루에게 손을 뻗었다.

『****! ********!』

그러나 리더로 보이는 남자가 그 모습을 보고 화를 내자 황급히 손을 거뒀다. 그는 작게 혀를 차더니 미하루의 학교가방을 빼앗고 사무적인 손놀림으로 미하루의 양손을 밧줄로 묶었다.

미하루의 몸에 소름이 돋았다. 형언할 수 없는 공포에 몸을 떨었다. 두근거림이 멈추지 않았지만, 불안해하는 아키와 마사토와 눈이 마주치자 억지로 웃는 척 했다. 그리고 미하루도 말 옆으로 끌려 가 아키와 마사토처럼 말 안장에 밧줄을 묶었다.

'……잘 한 거겠지?'

미하루는 절망하고 불안한 표정을 짓는 아키와 마사토를 보며 생각했다.

만약 아키와 마사토가 조금 전에 도망치려했다면 셋 중 누군가가 남자들에게 살해당했을 수도 있었다. 그래서는 안 됐다. 살아있으면 희망이 있다고 한정할 수는 없지만, 죽으면 거기서 끝이다.

『***!』

리더로 보이는 남자가 새로운 지시를 내리자 남자들이 신속하게 말에 올랐다.

그 뒤, 미하루 일행은 말 안장과 이어진 밧줄에 끌려 남자들이 소속된 본대로 끌려가게 됐다.

◇ ◇ ◇

미하루 일행이 끌려간 곳은 제대로 포장도 안 된 길이었다.

그곳에는 무장한 남자들이 2열로 대열을 짠 마차를 지키며 주위에 포진해 있었다.

대부분의 마차가 덮개를 젖혀놔서 짐칸이 드러났다. 금속 감옥처럼 튼튼한 짐칸이었다. 안에는 낡은 천을 두른 사람이 셀 수 없을 만큼 있었다.

현대사회에서 살아온 미하루 일행에게 그곳은 너무나 이질적인 세계였다. 마차 주변에 무장한 삼엄한 사람들과 마차 안에 있는 패기 없는 사람들- 그들이 사는 세계가 명확히 구분됐기에.

미하루 일행은 집단 속에 감도는 이상한 분위기를 눈과 피부로 직접 느꼈다. 대열에서 떨어졌던 남자들이 미하루 일행을 데리고 돌아오자 그곳에 있던 사람들의 주목이 쏠렸다. 미하루 일행은 그들과 동떨어진 옷을 입고 있었다. 무장한 남자들이 일제히 의아한 시선을 던졌다. 희한한 복장에서 얼추 관심이 멀어지자 남자들의 시선이 점점 미하루의 외모로 쏠렸다.

머리카락 색을 시작으로 신체적 특징과 외모를 보니 미하루는 다른 나라 사람이 분명했다. 아름답고 귀여운 생김새와 가늘면서 들어갈 데는 들어가고 나올 데는 나온 여성스러운 몸매는 실로 매력적이었고 단아하며 순해 보이는 부드러운 분위기는 이 세계의 귀족처럼 좋은 대접을 받으며 자랐다는 느낌을 줬다.

자리와 어울리지 않는 부드러운 바람에 등까지 기른 윤기 있는 흑발과 체크무늬 주름치마가 흔들리자 남자들이 한숨을 내쉬며 눈을 크게 떴다.

미하루는 주변의 매너 없는 시선이 불편한지 흠칫하고 시선을 피했다.

『****?』

그러자 어디선가 좋은 옷을 입은 남자가 나타나 미하루 일행을 끌고 온 남자들에게 무슨 일이 있었는지 물었다. 그는 구속된 미하루 일행을 보고 날카롭게 눈을 가늘게 떴다.

『**********. ***********, **************, ************? **********』

리더로 보이는 남자가 미하루 일행을 보며 좋은 옷을 입은 남자에게 자랑스럽게 말했다. 그리고 미하루 일행이 갖고 있던 학교가방을 보여줬다.

『**, *******』

좋은 옷을 입은 남자가 학교가방을 들고 검사하더니 감탄하는 소리를 냈다.

그리고 미하루 일행을 쳐다봤다. 그는 씨익 웃고 품정하는 눈초리를 하고 미하루 일행에게 다가갔다. 가까운 거리에서 미하루 일행의 복장을 물끄러미 쳐다보고 옷감을 하나하나 만져보더니 품질에 놀라 눈을 크게 떴다.

좋은 옷을 입은 남자는 정면에서 미하루 일행을 응시하더니 미하루의 바로 앞에 멈춰 섰다. 겁먹은 미하루의 얼굴을 보고 잔인하게 미소 지었다.

『*************?』

그는 미하루에게 뭔가를 물었다.

그러나 미하루는 말을 이해하지 못하고 머뭇머뭇 고개를 갸웃거렸다. 그러자 좋은 옷을 입은 남자가 비열하게 웃었다.

『********. *********』

그는 미하루를 가리키며 턱을 치켜 올려 남자들에게 지시를 내렸다. 근처에 있던 남자들이 신속하게 움직였다.

그들은 미하루의 양손을 묶은 밧줄을 잡아당겨 어디론가 끌고 갔다. 끌고 간 곳은 다른 마차보다 조금 질이 좋은 마차였다. 비바람을 막는 용도의 덮개도 내려져있었다.

"미하루 언니, 가지 마!"

아키가 끌려간 미하루를 보며 참지 못하고 소리쳤다.

"아키, 나는 괜찮아. 마사토도, 꺅?!"

미하루는 끌려가며 뒤를 돌아보고 아키와 마사토에게 미소 지었다. 그러다 난폭하게 밧줄이 잡아당겨져 균형을 잃고 넘어질 뻔 했다.

"미하루 언니!"

아키가 황급히 미하루를 불렀다.

"꺅?!" "으악?!"

가까이에서 짜악, 하는 날카로운 소리가 나자 아키와 마사토는 몸을 움츠렸다.

소리의 정체는 채찍을 휘두르는 소리였다. 좋은 옷을 입은 남자가 뚱뚱한 몸으로 능숙하게 채찍을 휘둘렀다. 그는 아키와 마사토를 위협하듯이 계속 채찍을 휘둘렀다.

"으으……."

아키는 완전히 위축됐다.

『***** **************』

좋은 옷을 입은 남자는 겁먹은 아키와 마사토를 보고 만족스럽게 코웃음을 치고 채찍을 거두었다. 그리고 가까이 있던 사람에게 새로 지시를 내렸다.

그러자 무장한 남자들이 이번에는 아키와 마사토를 미하루가 탄 마차와 다른 마차로 끌고 갔다.

아키와 마사토는 어찌하지 못하고 마차에 태워졌다. 두

사람이 끌려간 마차는 짐칸이 그대로 드러나 있었고, 안에는 열 살 전후의 소년소녀가 줄줄이 타고 있었다.

"미, 미하루 언니. 어떡해, 마사토. 어떡해."

아키가 마차 안에 서서 금속 격자를 잡고 몹시 당황해서 마사토에게 물었다.

"아, 아키 누나, 마음은 알지만, 지금은 말하지 않는 게 좋겠어."

마사토가 주위를 신경 쓰며 아키에게 귓속말을 했다.

"무슨 말이야……."

아키가 울컥해서 반박하려다 같은 마차에 탄 소년소녀들이 자기들을 노려보고 있다는 것을 깨닫고 자기도 모르게 입을 다물었다.

그들의 얼굴에서는 조금의 활력도 느껴지지 않았지만, 아키와 마사토를 책망하고 있다는 건 분명했다. 소란을 피워서 감시하는 남자들을 화나게 하지 말라는 것 같았다.

"일단 얌전히 앉아있자. 소란 떨면 정말 무슨 짓을 당할지 몰라."

귓속말을 한 마사토가 분위기를 파악하고 마차의 빈 공간에 앉았다. 아키도 하는 수 없이 마사토 옆에 앉아 고개를 떨궜다.

그 뒤, 곧 미하루 일행을 태운 마차가 출발했다. 그러나 1분도 지나지 않아 소란이 일어났다. 마차 옆에 있던 호위한 사람이 길 옆을 가리키며 뭐라 소리쳤다.

"……뭐지?"

아키가 고개를 들고 중얼거렸다. 불안해하며 마차 주위를 둘러보고, 말은 알아들을 수 없지만, 무슨 소동이라도 일어났나 주위를 둘러보며 귀를 기울였다. 그리고 틈이 있으면 도망칠 수 있을지도 모른다는 작은 기대를 품었다. 그래봤자 마차 문은 잠겨있었지만.

아키는 길 옆-마침 아키가 탄 마차 옆쪽-에서 접근하는 누군가를 발견했다. 성별은 남자로 나이는 10대 중반으로 보였다.

"……어?"

소년은 이 세계에서 여행할 때 입는 것을 보이는 외투를 걸쳤다. 아키는 소년의 얼굴을 보고 놀라서 눈을 크게 떴다. **회색 머리카락**에 굉장히 잘생겼다. 그러나 아키가 주목한 것은 그 때문이 아니었다. 소년의 외모가 인종적으로 여기 있는 누구보다 자기들과 가깝다고 느껴졌다. 아시아 혼혈 외모라고 하면 좋을까.

그 소년은 마차 근처까지 다가와 호위들과 떠들기 시작했다. 무슨 말을 하는지는 잘 들리지 않았지만, 남자들이 노골적으로 경계하고 있다는 것은 느껴졌다.

그 뒤, 곧 소란을 들었는지 좋은 옷을 입은 남자가 나타났다. 소년이 뭐라 말하자 좋은 옷을 입은 남자가 냅다 고개를 저었다.

다투는 것 같았다. 순간, 회색 머리카락 소년이 마차 무리를 바라봤다. 이어서 좋은 옷을 입은 남자가 아키와 마사토가 탄 마차를 봤다. 바로 시선을 돌렸지만, 아키와 눈이 마주쳤다.

'우리를 구하러 온 거야?'

묘한 두근거림을 느낀 아키가 그런 생각을 했다.

절망적인 상황에 싹튼 희망은 낙관에 지나지 않았지만, 속도를 더하며 커졌다. 아키는 애타게 소년을 쳐다보다 어느 순간, 주위에 있던 남자들이 그대로 드러난 마차 짐칸에 서둘러 덮개를 내리기 시작했다. 아키와 마사토가 탄 마차 짐칸에도 덮개가 드리우려고 했다.

'왜 우리를 숨기지?'

아키는 강한 의심을 품었다.

도움을 요청하는 편이 나을까? 하지만 만약 자신의 착각이라면? 나중에 무서운 일을 당할지도 몰랐다. 애초에 말이 통할까?

모르겠다.

하지만 어쩌면 지금이 운명의 갈림길이며 우리가 도움받을 마지막 기회일 가능성도 있었다. 그렇다면 가만히 있을 수는 없었다.

아키는 참지 못하고 힘차게 일어났다.

"도, 도와줘!"

소년을 향해 지푸라기에 매달리는 심정으로 도움을 요청했다.

다음 순간, 아키와 소년의 눈이 마주쳤다. 그리고 아키가 탄 마차 짐칸에 덮개가 드리웠다.

Ⓚ 제 3 장 Ⓙ ✤   이런 세계에서 만난 너에게

아키가 도움을 요청하기 조금 전-.

'이건…….'

희미한 발자국을 더듬으며 저공비행하던 리오는 길가에서 여러 마리의 말에게 세차게 짓밟힌 풀을 발견하고 일단 정지했다.

리오는 세 사람이 여기서 말을 탄 누군가와 만난 것이 일목요연하다고 즉각 판단하고 눈을 돌려 발자국을 따라갔다. 그러다 제법 먼 길에 대열을 이룬 마차 무리를 발견했다.

마차 무리는 정차 중이었는데 곧 출발하려는 모양이었다. 리오의 눈이 마차 여러 대의 드러난 짐칸을 좇았다. 그 안에는 노예로 보이는 사람이 여럿 타고 있었다. 마차 주위에는 용병으로 보이는 호위들이 줄줄이 있었다.

'……노예 상인인가. 조금 위험할지도 모르겠어.'

리오는 불쾌한 두근거림을 느꼈다. 당장 비행술을 풀어 땅에 발을 딛고 강화한 신체능력을 구사해 마차를 향해 힘차게 질주했다. 하지만 두근거림만으로 대뜸 공격할 수는 없으니 어느 정도 접근해서 속도를 줄였다. 그러자 호위 중 한 사람이 리오를 알아차렸다.

"어이, 길 옆에서 누가 다가온다!"

리오를 알아차린 남자가 큰소리로 주위에 경계하라 일렀다. 다른 호위들이 신속히 무기를 뽑아 마차를 지키는 진형을 짰다.

"거기 멈춰라!"

호위 중 누군가가 외쳤다.

"사람을 찾고 있다. 수는 셋. 지금 내가 온 곳과 같은 방향에서 왔을 거다."

리오는 일단 해칠 생각이 없다고 보여주기 위해 무기를 뽑지 않고 지시대로 멈춰 서서 자기 목적을 밝혔다.

그러자 호위 용병들의 분위기가 미묘하게 바뀌었다. 얼굴을 마주보더니 그들 중 가장 지위가 높아 보이는 인물을 쳐다봤다.

"……누가 나리와 대장을 불러와라. 어서."

주목을 받은 남자—미하루 일행을 연행한 리더격 인물—가 귀찮아하며 말했다. 그로부터 30초도 안 돼서 좋은 옷을 입은 남자가 체격 좋은 호위를 데리고 나타났다.

"흥. 갑자기 나타났다는 게 너냐. 뭐하는 자냐?"

좋은 옷을 입은 남자가 외투를 걸친 리오를 힐끗 보고 불쾌해하며 물었다.

"……말씀 드리는 게 늦었습니다. **저는 한스라고 합니다**. 호위 분들께 이미 들으셨을 수도 있습니다만, 사람을 찾고 있습니다. 조금 전에 세 사람이 길가에 나타났을 텐데, 아십니까?"

남자의 고압적인 질문에 리오는 일부러 예의바르게 대답했다. 싸우게 됐을 때를 대비해 적당히 생각난 가명을 댔으니 겉치레임은 분명했지만.

"호오, 지나가던 무뢰한일 줄 알았더니……."

좋은 옷을 입은 남자가 눈을 살짝 가늘게 뜨고 중얼거렸다.

"모르겠는데. 공교롭게도 서두르는 중이다. 볼일이 끝났다면 물러나줬으면 좋겠군."

남자는 쌀쌀맞게 고개를 저었다. 리오가 교양 넘치는 말투를 써서 혹시 귀족 출신이 아닐까 의심했다. 하지만 이 상황이라면 얼마든지 잡아뗄 수 있을 거란 생각에 리오를 우습게 여겼다.

"하지만 길에서 조금 떨어진 초원에서 여러 명의 발자국을 발견했습니다. 말이 짓밟은 흔적도 확인했습니다. 그것도 생긴 지 얼마 안 된 것을요."

리오가 방긋 웃으면서도 난감한 얼굴로 말했다.

"……우리가 그 사람들을 납치라도 했다고 생각하나?"

좋은 옷을 입은 남자가 감정을 억누르는 눈빛으로 리오를 보며 물었다.

"그럴 리가요. 다만, **가령 보호하고 계시다면**, 그렇게 경계하지 마시고 다 터놓고 대화하고 싶을 뿐입니다."

리오가 신중하게 말을 고르고 포커페이스로 고개를 저었다. 자신이 얼마나 확신하고 있는지는 전달했다. 그러니 만약 떳떳하지 못한 점이 있으면 원만하게 끝내줄 테니 내

제안을 승낙하라고 완곡히 돌려서 어필했다.

리오는 좋은 옷을 입은 남자의 뒤에 서 있는 여러 대의 마차를 여보라는 듯이 쳐다봤다. 애석하게도 마차 수와 타고 있는 노예 수가 많고, 애초에 얼굴도 모르는 상태로 사람을 찾고 있는지라 바로 눈을 돌렸지만.

"······내 소중한 상품을 안 봤으면 좋겠군. 외부인과 접촉하면 괜히 기대하는 노예가 많아."

좋은 옷을 입은 남자가 그렇게 말하고 묘하게 초조한 모습으로 뒤에 있는 마차를 힐끗 봤다. 이어서 옆에 서 있는 덩치 좋은 호위에게 마차에 덮개를 덮으라고 눈빛으로 지시했다. 덩치 좋은 호위와 부하들이 당장 움직였다. 그 잠시 뒤의 일이었다.

『도, 도와줘!』

한 마차에서 어린 소녀- 아키의 목소리가 울려 퍼졌다. 하지만 거기 있던 대부분의 사람은 아키가 무슨 말을 했는지도 이해하지 못했다.

'도와······줘? 일본어······인가?'

리오는 도움을 바라는 그 목소리를 확실히 듣고 이해했다. 그러나 잘못 들은 것은 아닐까, 갑자기 망설여졌다. 이 세계에는 존재하지 않는 언어였기 때문이었다.

그러나 목소리가 들린 마차를 보고 잘못 들은 것이 아님을 확신했다. 마차 안에 동양적인 외모의 아키가 일어서 있었다.

"칫, 어서 마차 짐을 숨겨라."

당황한 리오 앞에서 좋은 옷을 입은 남자가 혀를 차고 호위들에게 마차 내용물을 숨기라고 조그맣게 지시했다. 이제는 물불을 가리지 않았다.

겨우 모든 마차 짐칸에 덮개가 드리워졌다.

"그러니 말했을 텐데. 너 때문에 노예가 소란을 일으켰잖아."

좋은 옷을 입은 남자가 이 마당이 돼서도 시치미를 떼려고 했다.

"……잠깐. 지금 말한 사람이 내가 찾던 사람이야. 도와 달라는데 어떻게 된 일인지 설명해주겠어?"

리오도 지지 않았다. 정신을 차리고 냉정해져서 차분하게 물었다.

좋은 옷을 입은 남자는 굉장히 불쾌한지 얼굴을 찌푸렸다.

"민폐다. 이제 됐어, 죽여라."

그리고 귀찮다는 듯이 옆에 있던 덩치 큰 용병에게 지시했다.

"너희들, 들었냐. 잽싸게 처리하자. 전열을 짜라!"

옆에 있던 덩치 큰 용병이 씩 웃고 주위 용병들의 사기를 돋웠다. 그러자 용병들이 신이 나서 대열을 짜고 리오를 신속하게 포위했다.

멋지게 통솔된 움직임이었다. 용병단의 숙련도는 제각각이라 통솔하는 단장의 실력에 따라 다른데 여기 있는 용병들은 제법 단체 전투에 익숙해보였다.

"용감함과 만용을 착각했군. 때와 장소를 생각해라. 남기고 싶은 말은 없나? 목숨구걸을 해서 노예가 되겠다면 살려주지 않을 것도 없지. 면상이 반반하니 남창이 될 것 같은데?"

압도적인 우위를 확신하는지 좋은 옷을 입은 남자가 의기양양하게 물었다.

"……구역질나는군. 납치한 사람들을 얌전히 이쪽으로 넘겨라. 그쪽이 그렇게 나오겠다면 나도 봐주지 않겠어."

리오는 성가시게 고개를 젓고 조용하나 강한 살의를 배어내며 자신의 요구를 전달했다.

"그, 그만 됐어. 죽여라!"

좋은 옷을 입은 남자가 리오의 살기를 느꼈는지 상기된 목소리로 명령했다.

"죽여라!"

용병단 단장으로 보이는 덩치 좋은 남자가 리오를 둘러싼 용병들에게 간단한 살해명령을 내렸다. 다음 순간, 용병들은 방패로 몸을 보호하며 사방팔방에서 리오에게 창을 내질렀다.

그러나 리오는 사뿐히 도약해서 포위망 밖으로 날아갔다.

"뭣……?!"

리오를 제외한 모든 사람은 어안이 벙벙했다. 자기들 머리 위를 가볍게 뛰어넘은 리오를 놀라서 멍하니 쳐다봤다.

"히익?!"

리오는 외투 아래에 숨겨둔 단검을 공중에서 왼손으로 뽑아 들고 착지와 동시에 가까이 있던 용병의 허벅지를 망설임 없이 찔렀다. 남자가 비명을 질렀다.

'이걸로 전의가 조금이나마 깎였을라나?'

리오가 생각한 순간-.

"《광탄마법》"

용병단 단장이 리오를 향해 공격마법을 쐈다. 리오를 향해 뻗은 왼손 앞에 마법진이 떠오르고 마력을 에너지화한 빛 탄환이 빠른 속도로 연신 쏘아졌다.

리오는 얼른 옆으로 뛰어 빛 탄환을 회피했다.

'……기분 나쁠 정도로 냉정해. 괜히 이만한 수의 용병을 통솔하는 게 아니군. 그렇게 쉽지는 않으려나.'

리오가 물러나며 질주하는 순간에도 단장은 리오를 향해 망설임 없이 빛 탄환을 쏘며 냉정히 지휘를 날렸다.

"적은 신체를 강화했다! 움직이게 해서 지쳤을 때를 노린다! 방어진형이다!"

단장의 지휘에 용병들이 침착함을 되찾았다. 용병들은 좋은 옷을 입은 남자와 공격마법을 쏘아대는 단장을 지키기 위해 밀집했다. 몸을 숙이고 방패를 들어 안쪽에 있는 단장의 사선을 방해하지 않도록 원형으로 진을 짰다.

길 옆의 넓은 필드를 종횡무진으로 움직이며 빛 탄환을 회피하던 리오는 답답해하며 얼굴을 찌푸렸다. 그리고 용병들이 쌓아올린 방패 방벽을 향해 정면으로 돌진했다.

"멍청한 놈, 자포자기했는가. 창을 들어라!"

그러자 단장이 호전적인 얼굴에 비웃음을 지었다.

《광탄마법》은 살상력이 낮지만, 맨몸인 사람이 맞으면 기절할 정도의 위력은 있었다. 한 번 발동하기만 하면 임의로 연사할 수도 있는 마법이었다. 좌우로 돌아다니는 상대를 맞추기는 어렵지만, 정면으로 달려 들어오면 극히 맞추기 쉬워졌다. 밀집해서 방어진형을 쌓은 곳에 뛰어들다니, 정말 어리석기 그지없었다.

단장이 쏜 빛 탄환은 지금 당장 리오의 몸에 맞기 직전이었다.

"뭣?!"

그 순간, 용병들의 시야에 있던 리오의 몸이 흔들렸다. 빛 탄환의 폭풍이 허공을 꿰뚫으며 날아갔다. 그런 줄 알았는데ㅡ.

"⋯⋯어?"

리오는 어느새 용병들의 옆으로 돌아들어 검을 뽑아 옆으로 휘둘렀다. 다음 순간, 리오의 검이 빛남과 동시에 폭풍이 휘몰아쳤다.

"히익?!"

리오가 검을 휘두르자 방패를 든 용병들이 폭풍에 휘날려 엉뚱한 방향으로 깔끔히 나가떨어졌다. 자신을 지키는 방벽이 사라지자 숨을 집어삼킨 단장이 리오를 확인하고 반사적으로 검을 뽑으려고 했다. 허나 이미 늦었다.

리오는 순간이동처럼 다가가 몹시 느릿하게 검을 움직여 단장의 명치를 정확하게 찔렀다.

"윽?!"

단장은 경악하며 눈을 크게 떴다. 무슨 일이 일어났는지 하나도 이해하지 못한 얼굴이었다. 리오가 검을 뽑고 천천히 뒤로 물러나자 단장은 천천히 환부를 만졌다. 새빨갛게 물든 손을 보고 그는 자신의 죽음을 깨달았다. 그리고 그대로 땅에 쓰러졌다.

리오는 피로 젖은 검을 부끄러운 마음으로 움켜쥐고 바로 근처에 멍하니 서 있던 좋은 옷을 입은 남자를 쳐다봤다.

"으아?!"

좋은 옷을 입은 남자는 리오와 눈이 마주치자 비명 같지도 않은 비명을 질렀다. 무심코 뒷걸음질을 쳤다가 균형을 잃고 엉덩방아를 찧었다.

리오는 피로 젖은 검을 겨누고 좋은 옷을 입은 남자를 내려다보며 차갑게 명령했다.

"납치한 아이들을 풀어줘."

"히익!"

좋은 옷을 입은 남자가 몹시 꼴사나운 소리를 질렀다.

"네가 명령하지 않으면 다른 놈들이 움직이지 않잖아? 빨리 해."

"푸, 풀어줘라! 어서!"

리오가 한숨을 내쉬고 조금 화난 목소리로 말하자 좋은 옷을 입은 남자가 당황해서 외쳤다. 그러자 멍하니 있던 호위 용병들이 폭발하듯이 움직였다.

리오는 그 사이 검을 닦고 검집이 아닌 허리 벨트에 매달았다. 그리고 왼손으로 좋은 옷을 입은 남자의 목덜미를 잡고, 오른손으로 바로 옆에 널브러진 단장의 시체도 난잡하게 잡고 질질 끌어 길 옆으로 옮겼다.

"히이익. 왜, 왜 나까지?! 무슨 생각이냐?!"

좋은 옷을 입은 남자가 옆에 있는 숨진 단장의 시체를 보며 창백한 얼굴로 아우성쳤다.

"이 녀석 시체가 방해돼서. 너는 인질."

리오가 그렇게 말하고 단장의 시체를 풀숲에 가볍게 던져버렸다. 길에서는 보이지 않게 됐다. 리오는 빈 오른손으로 다시 검을 잡고 길로 돌아갔다.

길에는 용병들이 줄줄이 머리를 맞대고 있었는데 리오가 다가오자 겁을 먹고 물러났다. 단장을 죽이고 고용주를 인질로 잡은 데다, 조금 전의 전투로 실력 차이를 기분 나쁠 만큼 뼈저리게 깨달았다. 완벽히 전의를 잃었다.

마침 아키와 마사토가 마차에서 무사히 풀려났는지 용병들과 조금 떨어진 곳에 가만히 서 있었다.

『……무사한 건 너희 둘 뿐이야?』

리오가 두 사람에게 다가가 조금 어색한 일본어로 말을 걸었다.

『우, 우리가 무슨 말을 하는지 알아요?!』

아키가 달려들듯이 물었다.

『아는……데, 사정 설명은 나중에 할게. 한 명이 더 있을 줄 알았는데, 아니야?』

『이, 있어요! 다른 마차로 끌려갔어요!』

리오가 망설이며 묻자 아키가 고개를 끄덕였다.

리오는 왼손으로 잡은 좋은 옷을 입은 남자를 내려다봤다.

"다른 한 명이 없는데 어느 마차에 탔지?"

오른손에 쥔 검을 자연스럽게 보여주며 물었다.

"뒤, 뒤에서 둘째 줄 오른쪽 마차에, 태, 태웠어!"

"……뭐 이상한 짓은 하지 않았겠지?"

"아, 안 했어! 아무 짓도 안 했어."

좋은 옷을 입은 남자가 필사적인 얼굴로 리오의 물음에 대답했다.

"확인하러 간다. 너도 따라와."

리오가 그렇게 말하고 좋은 옷을 입은 남자를 끌고 가며 아키와 마사토를 불렀다.

『너희 일행을 구하러 갈 건데, 따라와 줄래?』

두 사람은 겁에 질린 좋은 옷을 입은 노예 상인을 불쌍하게 내려보고 『네, 네!』하고 머뭇머뭇 고개를 끄덕였다.

그들은 미하루가 탄 마차에 곧 도착했다.

"잠겨있는 것 같은데?"

리오가 노예상인을 유도했다. 짐칸 문에 다른 마차보다

엄중한 자물쇠가 달려 있었다.

"이, 이 마차의 열쇠는 내가 보관하고 있어."

"그럼 빨리 열어."

리오가 명령하고 노예상인의 목덜미를 잡고 있던 손을 놓아줬다.

노예상인은 허겁지겁 일어서서 떨리는 손으로 짐칸 자물쇠를 풀려고 했다. 잠깐 갈팡질팡하다 드디어 자물쇠를 풀었다.

"괜한 짓 할 생각하지 마."

리오가 날카로운 시선으로 노예상인에게 못을 박고 잠금이 풀린 문을 열었다. 짐칸 안은 덮개가 덮여 어두웠고 우울한 분위기가 감돌았다.

◇ ◇ ◇

끼이익 둔탁한 소리를 내며 짐칸 문이 열렸다. 짐칸 덮개가 걷히고 바깥 빛이 뻗어 들어오며 체취로 탁해진 짐칸 공기가 신선한 공기로 바뀌었다.

미하루는 열린 문 밖을 불안하게 쳐다봤다.

아니, 미하루만이 아니었다. 마차 안에는 아름다운 미소녀들이 갇혀있었는데 그녀들도 머뭇거리며 밖을 쳐다봤다. 그러자 문 밖에서 중성적인 외모의 소년- 리오가 나타났다. 소녀들은 리오의 얼굴을 빤히 쳐다봤다.

리오는 일제히 쏟아지는 소녀들의 시선에 불편해하며 짐칸 안을 둘러봤다. 미하루도 마찬가지로 리오의 얼굴을 살피며 쳐다봤다.

'누구를 찾나? ……앗?!'

리오와 눈이 마주치자 미하루는 몸을 흠칫했다. 리오의 시선이 미하루에게 고정됐다. 미하루도 멍하니 자신을 쳐다보는 리오의 눈을 빨려 들어가듯이 멍하니 바라봤다. 두 사람은 잠시 말없이 서로를 바라봤다. 리오는 마치 시간이 멈춘 것처럼 꼼짝하지 않았다. 미하루도 마찬가지였다.

그러자 어째서일까?

"……."

리오는 미하루에게 들리지 않는 목소리로 뭐라 중얼거리고 왜인지 울 것처럼 얼굴을 일그러뜨리고 눈물을 글썽였다. 적어도 미하루에게는 그렇게 보였다.

그러자 왜인지 미하루까지 울고 싶어졌다. 처음 만난 사람인데 마음속에 이루 말할 수 없는 향수가 솟구치는 것 같았다.

잠시 뒤, 리오는 수치스러운 표정을 지었다. 오른손에 든 검을 숨기듯이 허리에 찬 검집에 넣고 망설이며 짐칸 안으로 발을 디뎠다. 그리고 미하루에게 머뭇거리며 다가왔다.

『구하러…… 왔습니다.』

리오는 어색하게 미소 지으며 미하루에게 부드럽게 말

을 걸었다.

◇ ◇ ◇

『구하러…… 왔습니다.』

리오는 그렇게 말하고 짐칸 바닥에 앉은 미하루에게 살며시 손을 내밀었다.

『고, 고맙습니다.』

미하루는 놀라서 눈을 동그랗게 뜨고 리오의 안색을 살피며 쭈뼛쭈뼛 리오의 손을 잡았다. 리오도 조심스레 미하루의 손을 마주 잡았다.

부드러운 손이었다. 하얗고 가녀리고 예쁜 손은, 검을 쥐느라 굳은살이 박여 딱딱한 자기 손과는 달랐다. 바로 아까까지 사람을 죽인 자신의 손과는.

'아야세 미하루…… 정말 미이야. 왜 네가 여기 있는 거야? 왜 이런 세계에.'

리오는 이루 말할 수 없는 기분에 얼굴을 일그러뜨릴 뻔했다. 미하루를 똑바로 쳐다보지 못하고 떳떳하지 못하게 시선을 피해버렸다.

계속 만나고 싶었다. 그래, 만나고 싶었을 텐데, 실제로 만나보니 괜히 무서워졌다. 아마카와 하루토와는 다른 사람이 되어버린 자신이, 이제 예전의 자신으로 돌아갈 수 없게 된 자신이, 죄로 더럽혀진 것 같아서……

아니, 더럽혀졌다. 이미 이 손으로 사람을 죽였다. 차갑게 타오르는 복수심을 품고, 그래도 앞으로 나아가자고 야구모 지방에서 맹세했으니까.

『일행이 밖에서 기다립니다. 가죠.』

그렇기에 리오는 미하루의 손을 놓고 발길을 돌렸다.

『저, 저기, ……이 아이들은요?』

미하루가 자기를 부럽게 올려다보는 소녀들을 쭈뼛쭈뼛 보며 조심스럽게 리오에게 물었다. 리오는 난처한 표정으로 고개를 저었다.

『납치된 여러분은 몰라도, 그들은 적법한 절차를 거쳐 여기 있는 노예일 겁니다. 함부로 풀어주면 우리가 범죄자가 됩니다.』

노예는 사람이나 사람이 아니다. 법적으로는 물건으로 다루어진다. 그래서 훔치면 절도, 편취하면 사기, 빼앗으면 공갈 혹은 강도다.

『마, 말도 안 돼…….』

미하루가 멍하니 소녀들을 둘러봤다.

『죄송합니다. 제 힘이 미치지 못해서…….』

리오가 미안해하며 얼굴에 그림자를 드리웠다.

『아, 아뇨! 당신 탓이 아니에요! 저야말로, 죄, 죄송해요!』

미하루는 자신의 어리석음을 호되게 뉘우쳤다. 참기 어려운 표정을 지었다.

『가죠.』

리오는 미하루를 생각해 손을 잡고 걸었다. 미하루는 손을 잡힌 채, 마차 밖으로 나왔다.

『높이가 있으니 바닥을 조심하세요.』

리오가 한 발 먼저 마차에서 내리고 미하루를 에스코트했다.

『네, 네. 고맙습니다.』

미하루가 조심조심 마차에서 내렸다.

『미하루 언니!』

그러자 아키가 달려와 미하루를 끌어안았다.

『얘들아, 무사해서 다행이야.』

미하루가 아키의 등을 부드럽게 쓰다듬었다.

마사토는 근처에서 부끄러워하며 두 사람을 쳐다봤다.

'정말 다행이야. 목소리는 미이와 둘을…… 말한 거겠지?'

리오도 안도의 미소를 지었다.

그리고 동시에 머릿속에 들린 목소리의 주인이 어떻게 미하루 일행이 이곳에 나타났다는 것을 알 수 있었을까 신기하게 여겼다. 지금 생각해도 별 수 없지만.

'그건 그렇고, 혹시나 시간을 못 맞췄더라면…… 오싹하네. 이 자식이.'

리오는 조용하나 강한 살의를 담은 눈으로 노예상인을 쳐다봤다.

"힉?!"

노예상인이 겁에 질려 뒷걸음질 쳤다.

리오는 순간적으로 여기서 노예상인을 죽일까 했지만, 그러면 안 된다고 자제했다. 충동적으로 뒷일을 생각하지 않고 살인을 저질러서는 안 됐다. 무엇보다 미하루 일행이 보는 앞에서 사람을 죽이고 싶지 않았고 시체를 보여줄 수도 없었다.

『셋 다, 빼앗긴 물건은 없습니까?』

리오가 한숨을 내쉬고 미하루 일행에게 물었다.

『저기, 가방을 빼앗겼는데…….』

"세 사람의 짐은 어쨌어?"

미하루가 대표로 대답하자 리오가 곧바로 노예상인에게 물었다.

"내, 내 마차에 있어! 돌려, 돌려줄 테니, 기다려줘!"

노예상인이 당황해서 대답하고 자기가 탔던 마차로 달려갔다. 그는 몇 십 초도 지나지 않아 돌아와서 리오에게 가방 세 개를 내밀었다.

"내용물은 전부 들어있겠지?"

리오가 받아든 가방을 그대로 미하루 일행에게 건네고 냉담한 목소리로 노예상인에게 물었다.

"무, 물론이야! 전부 들어있어! 도, 돈도 줄 테니, 믿어줘!"

노예상인이 세차게 고개를 끄덕이고 화폐가 든 묵직한 작은 꾸러미를 내밀었다.

리오는 노예상인이 건넨 작은 꾸러미를 받아 속을 힐끗 들여다봤다. 적지 않은 금화가 들어 있었다. 위자료인 셈

치라는 건가?

『물건이 없어지지는 않았습니까?』

『괜찮아요. 전부 들어있어요.』

리오가 확인하자 미하루 일행이 바로 대답했다.

"거짓말은 하지 않은 것 같군."

"그래, 말했잖아! 믿어줘, 부탁이야!"

노예상인이 리오에게 빌다시피 호소했다.

"……좋아. 다만, 이후로 저들에게 무슨 짓이라도 저질렀다간 널 찾아내 죽여 버리겠어."

리오는 마지막으로 못 박듯이 협박했다.

"알았어, 알았다고!"

노예상인이 겁을 먹고 수차례 고개를 끄덕였다.

『일단 여기서 벗어나죠. 안전한 곳까지 데려다드리겠습니다.』

리오는 노예상인에게 더 이상 아무 말 않고 미하루 일행에게 이동을 권했다. 리오가 걷기 시작하자 미하루 일행도 머뭇거리며 걸음을 뗐다. 잠시 뒤, 리오 일행이 보이지 않게 되자 노예상인은 긴장과 다리가 풀려 풀썩 쓰러졌다.

◇ ◇ ◇

리오 일행은 북쪽을 향해 걸었다. 미하루 일행은 묵묵히 걷는 리오와 거리를 두고 그를 따라갔다. 지금은 그것이 리오와 미하루 일행 세 사람의 자연스러운 거리였다.

　네 사람 사이에 대화는 없었다. 때때로 리오가 뒤에서 걷는 세 사람을 의식하며 살펴봤지만, 무슨 말을 하면 좋을지 몰라 멋쩍게 하늘을 올려다봤다. 미하루 일행도 긴장했는지, 아니면 지금 상황에 현실감이 없는지 조금 멍한 상태로 입을 다물었다. 그렇게 몇 분 정도 미묘한 거리를 유지하며 침묵이 이어졌다.

　"예쁘다……."

　침묵이 이어지던 중, 아키가 나직이 중얼거렸다. 아키의 시선이 고정된 서쪽 지평선이 붉게 물들어 있었다. 일본에서는 도저히 볼 수 없는 광경이었다.

　모두의 눈이 자연스럽게 서쪽 하늘을 향했다.

　"저, 저기, 죄송한데 잠깐 괜찮을까요?"

　그때, 미하루가 리오의 등을 향해 쭈뼛쭈뼛 말을 걸었다.

　"음, 뭔가요?"

　리오가 몸을 움찔하고 어색하게 뒤를 돌아봤다.

　"구해주셔서, 정말로 고맙습니다. 당신이 오지 않았더라면 무슨 짓을 당했을지 몰라요."

　미하루가 용기를 내서 말하고 리오에게 깊이 고개를 숙였다. 마음 깊이 감사하고 있음이 전해졌고, 예절교육을 확실하게 받았음을 엿볼 수 있는 행동이었다.

　"아뇨, 당연한 일을 했을 뿐입니다. 여러모로 물어보고 싶은 것도 있고요."

리오는 미하루를 애달프게 쳐다보고 조금 겸연쩍게 고
개를 저었다. 그러자 미하루가 쭈뼛쭈뼛 고개를 들었다.

"저기, 저는 아야세 미하루라고 하는데 이름을 여쭤 봐
도 될까요? 그리고, 저…… 괜찮다면 저희도 이것저것 물
어보고 싶은데요……."

미하루가 리오의 이름을 물었다. 그리고 미안해하며 설
명을 청했다.

"이름, 이름은…… 조금 사정이 있어서, 지금은, 하루토
라고 합니다. ……성은 없어요."

리오는 한순간 동요해서 시선을 피하고 망설였다. 그리
고 앞으로 슈트랄 지방에서 활동하며 정식으로 쓰기로 한
가명을 가르쳐줬다.

리오는 예전에 벨트람 왕국에서 누명을 쓰고 지명수배
가 된 과거가 있어서, 사전에 이름을 바꾸는 게 낫겠다고
생각했다. 참고로 슈트랄 지방에서는 검은 머리카락 색도
눈에 띄기 때문에 마도구로 색을 바꿨다. 머리카락이 회색
인 이유였다.

한순간이어도 동요하고 망설인 것은 미하루에게 『하루토』
라는 이름을 대기가 꺼려졌기 때문인데, 그렇다고 『리오』라
는 이름을 가르쳐주자니 이것저것 설명할 것이 많았다.

그냥 이름을 가르쳐주는 것뿐인데 너무 당황하면 수상
히 여길 테니 결국, 리오는 눈 딱 감고 『하루토』라고 이름
을 밝혔다. 그리고 미하루를 살펴봤다.

"하루……토?"

미하루는 멍하니 리오의 가명- 아니, 리오의 예전 이름을 중얼거렸다.

"하루토?"

한편, 아키가 복잡한 표정을 지었다. 목소리가 위태롭게까지 들렸다.

"아키."

미하루가 아키를 불렀다. 아키가 정신 차리고 미하루를 보자 미하루는 작게 고개를 저었다.

'……아키?'

또 다른 한편, 리오가 아키의 이름을 듣고 눈을 동그랗게 떴다. 그 이름은 생전의 리오- 아마카와 하루토의 동생과 같은 이름이었다. 부모님이 이혼하고 어머니에게 간 동생과 같은-.

리오는 아키의 얼굴을 살펴봤다. 마지막으로 아키를 본 것은 그녀가 네 살이 되기 전이었고, 먼저 미하루를 알게 된 임팩트가 너무 크긴 했지만, 확실히 생김새가 남아있었다. 무엇보다 미하루가 그녀를 아키라고 불렀으니 결정적이었다.

"……저기, 왜요?"

리오가 자기를 보고 있다는 것을 알아차린 아키가 머뭇거리며 물었다.

"아, 아니. 미안. 내 이름이 어쨌나 싶어서."

리오는 동요를 억누르고 미소 지었다.

"죄송해요. 아무것도 아니에요."

아키가 멋쩍게 사과했다.

"있지, 하루토 형은 왜 성이 없어? 아, 나는 센도 마사토. 아키 누나의 동생이야."

조용히 이야기를 듣던 마사토가 자기소개를 겸해 의아한 점을 리오에게 물었다.

"센도, 동생…… 그럼 아키는 센도 아키라고 해?"

리오가 아키에게 물었다.

마사토는 자신을 아키의 동생이라고 했지만, 성이 아마카와가 아니었고 아마카와 하루토에게는 이렇게 성장했을 동생이 없었다. 그렇다면 하루토와 아키의 어머니가 재혼했고, 마사토는 재혼상대가 데려온 아이인가, 리오는 바로 짐작했다.

"아, 네. 맞아요. 인사가 늦어서 죄송해요."

아키가 고개를 끄덕이고 리오에게 꾸벅 머리를 숙였다.

"아니…… 나한테 성이 없는 이유를 물어봤지? 이제 곧 해가 질 테고 이야기도 길어질 것 같으니 장소를 바꾸자. 이쪽에 쉴 수 있는 곳을 준비할게."

리오가 뭔가 생각하듯이 하늘을 올려다보더니 그렇게 말하고 길 옆 초원으로 들어갔다.

미하루 일행은 얼굴을 마주보더니 고개를 끄덕이고 리오의 뒤를 쫓았다. 하지만 리오가 점점 아무것도 없는 초원으로 걸어가서 어디로 가는 건지 불안해졌다. 이런 초원 어디에 쉴 곳이 있다는 걸까.

"이 주변이 좋겠다."

리오가 어두워지기 시작한 초원을 신기해하며 둘러보는 미하루 일행을 보고 쓴웃음 짓고 중얼거렸다. 지금 있는 곳은 땅이 평평하고 길에서 조금 거리가 있어서 아무리 주의 깊게 보더라도 길에서는 알아보기 어려운 위치였다.

"조금만 기다려주세요. 지금 준비할 테니까."

리오가 그렇게 말하고 땅에 손을 대 정령술로 땅을 조종해 뿌리를 잘라 지반을 안정시켰다. 옆에 있던 미하루 일행은 뭘 하는지 몰랐지만.

《해방마술》

리오는 집을 설치할 곳을 확보하고 『시공의 장』을 착용한 왼손을 앞으로 내밀어 발동키인 주문을 외웠다. 다음 순간, 눈앞의 공간이 거대한 소용돌이처럼 일그러지더니 어느샌가 거대한 바위 집이 나타났다.

"뭐, 뭐야, 이거……?"

아키가 경악하며 중얼거렸다. 미하루와 마사토도 놀라서 선 채로 바위건축물을 올려다봤다. 리오는 미하루 일행의 반응에 미소 지으며 말했다.

"보기에는 그냥 바위 같지만, 안쪽은 거주공간입니다. 이쪽으로."

리오는 익숙하게 대문으로 걸어갔다. 미하루 일행은 리

오가 다시 부를 때까지 그의 뒷모습과 바위 집을 멍하니 쳐다봤다.

【 제 4 장 】 ❈ 사정 설명

리오를 따라 바위 집으로 들어온 미하루 일행은 나란히 숨을 삼켰다. 실내는 마도구로 밝게 밝혀져 있었고, 개방적인 넓은 거실 겸 주방이 세 사람을 맞이했다. 방 한 구석에는 2층으로 이어진 계단도 있었다.

"저쪽 소파에 앉으세요."

리오가 미하루 일행에게 거실 소파에 앉으라고 권했다. 그리고 홀로 주방으로 가서 사람 수에 맞춰 음료수와 촉촉한 물수건을 준비해 돌아왔다.

미하루 일행은 싱숭생숭한 기분으로 소파에 앉고 흥미롭게 실내를 둘러봤다.

"자, 목말랐죠? 더 있으니 사양 말고 마셔요."

리오가 세 사람에게 시원한 아이스티를 따른 금속 머그잔을 건넸다.

"고, 고맙습니다."

미하루가 공손히 고맙다고 했다. 여기 오기까지 약간의 음료수에 의지해 공기가 건조한 초원지대를 한없이 걸었다. 수분보충 고민이 해소된 것은 참 중요한 일이었다.

"고마워, 하루토 형! 엄청 목말랐어…… 더 줘!"

마사토가 고맙다하고 꿀꺽꿀꺽 목을 적시더니 눈을 빛내며 재빠르게 한 잔 더 달라고 했다.

"……너, 너무 사양을 안 하잖아."

아키가 기막힌 얼굴로 마사토에게 중얼거렸다.

"괜찮아, 이렇게 마셔주니 내어온 보람이 있네. 하지만 속이 차가워지니까 너무 단번에 마시지는 마. 뭣하면 따뜻한 차도 있어."

리오가 웃으며 말하고 마사토의 머그잔에 아이스티를 따랐다.

"죄송해요. 동생이 바보라……. 감사히 마시겠습니다."

아키가 쭈뼛쭈뼛 고개를 숙이고 머그잔에 입을 댔다. 역시나 목이 말랐는지 금방 다 마셔버렸다.

리오는 얼른 한 잔 더 따라줬다. 아키가 부끄러운지 뺨을 붉히며 "고맙습니다." 하고 이번에는 맛을 보듯 천천히 마셨다.

한편, 미하루는 아키와 마사토가 탈 없이 수분 보충하는 모습을 흐뭇하게 확인하고 자신도 머그잔에 입을 댔다.

리오는 세 사람이 수분을 보충하고 한숨 돌리는 것을 확인하고 정면에 앉은 미하루를 보며 물었다.

"세 사람이 왜 그런 곳에 있었는지 물어봐도 되겠습니까?"

"그게, 저희도 모르겠어요. 정신을 차리고 보니 초원에서 있었어요……."

셋이서 얼굴을 마주보더니 미하루가 대표로 대답했다.

"그래요. 즉, 여기가 어디인지도 모른다는 거죠?"

"네, 몰라요. 저기, 여기는 대체……?"

"유필리아 대륙. 슈트랄 지방. 가르아크 왕국과 센트스텔라 왕국 국경 부근에 펼쳐진 초원지대……라는 걸 듣고 짐작 가는 거 있습니까?"

미하루가 머뭇거리며 묻자 리오가 인근 지명과 나라 명을 알려줬다.

"모, 못 들어본 지명과 나라 이름뿐이네요. 일본이, 아닌 거죠?"

미하루가 불안해서 얼굴에 그림자를 드리우고 한 줄기 희망을 걸고 질문했다.

"아쉽게도……."

리오가 미안해하며 고개를 저었다.

"그, 그럼, 여기는 어디에요? 유럽 쪽이에요?"

미하루의 오른쪽에 앉은 아키가 초조하게 물었다.

"……너는 오늘 많은 일을 겪었을 거야. 그런데 아직도 여기가 지구일 거라 생각해?"

"그건……. 그, 그럼, 우리가 어디에 왔단 거예요? 그리고 당신은 누구예요? 왜 일본어가 통해요?"

아키가 현실을 마주하기가 두려운지 불안해하며 거친 목소리로 물었다.

"……적어도 지구는 아니야. 지명은 아까 말한 대로야. 그리고 내가 일본어를 할 수 있는 건 원래 일본이었기 때문, 일까?"

리오가 쓴웃음 지으며 어깨를 으쓱하고 대답했다.

"네……?"

너무나 가벼운 고백에 아키 일행은 어안이 벙벙했다.

'……세 사람은 아무것도 몰라. 이 세계에 대해서도, 왜 이런 세계에 와버렸는지도. 9년 전에 전생의 기억을 떠올린 나와 같아. 아니, 그 이상으로 아무것도 모르나. 적어도 내게는 리오라는 내가 있었어.'

리오는 견디기 어려운 기분으로 미하루 일행을 쳐다봤다.

"저, 저기, 원래 일본인이었다는 게, 대체 무슨……?"

미하루가 머뭇거리며 리오에게 물었다.

"……말 그대로입니다. 전생……이라고 하면 될까요? 믿지 못할 수도 있지만, 저는 전생을 기억합니다. **일본 대학생이었을 때의 기억을요.**"

리오가 겸연쩍은지 시선을 피하며 대답했다.

"어……."

미하루 일행은 어떻게 반응해야 할지 몰라 말문이 막혔다.

"아무튼 제가 일본인이라고 객관적으로 증명할 수 있는 방법은 없지만, 그런 사정으로 일본어를 할 수 있다고 생각해주시면 고맙겠습니다. 그보다 지금은 세 사람에게 무슨 일이 일어났는지 알고 싶은 거 아니었어요?"

리오가 모호하게 미소 짓고 얼른 말을 돌렸다.

"이, 있지, 하루토 형. 즉, 우리는 판타지 RPG 세계에 왔다는 거야? 검과 마법의 세계지, 여기?"

마사토가 근질근질해하며 물었다.

"전생에서 그런 종류의 게임은 안 해봤지만, 이미지는 비슷한 것 같아. 다만, 게임과 달리 리셋버튼이 없지만."

"만약 하루토 형이 안 왔으면 많이 위험했어?"

리오가 쓴웃음 지으며 대답하자 마사토가 식은땀을 흘리며 물었다.

"……그래, 그대로 노예가 됐을 거야."

리오가 딱딱한 목소리로 짧게 사실을 전했다.

"그, 그런, 노예라니……."

아키가 멍하니 중얼거렸다. 미하루는 견디기 어려운 표정이었으나, 조금 전에 리오에게 노예 이야기를 들은 덕분인지 아키보다 충격은 적어보였다.

"노예가 뭐야?"

한편, 마사토가 의아해하며 물었다.

"너, 너. 그런 것도 몰라?"

아키가 어이없다는 표정으로 마사토를 쳐다봤다.

"모, 몰라. 국어에 약하다고. 아키 누나는 알아?"

마사토가 울컥해서 아키에게 물었다.

"무, 물론이지. 노예는 말이지. 어……."

아키가 노예를 설명하려고 했지만, 말문이 막혔다. 단어 뜻은 알지만, 말로 설명하기가 어려운 모양이었다.

미하루도 난감한 표정이었다.

"간단히 말하면 사람이 아니라 물건으로 취급받는 인간이야."

그래서 리오가 끼어들어 설명하기로 했다.

"……물건으로 취급받아?"

마사토가 이해가 잘 안 되는지 고개를 갸웃거렸다.

"동물처럼 인간을 사고파는 대상으로 삼는다고 설명하면 되려나? 팔린 사람은 산 사람의 소유물이 되니까 무슨 말이든 따라야 해."

"뭐, 뭐라고?! 뭐야, 그건 애완동물이잖아! 우리 그런 게 될 뻔 한 거야?! 왜 그런 짓을 해?!"

마사토가 뜻을 이해했는지 분개하며 소리쳤다.

"흑발은 보기 드물고 용모도 괜찮지. 말이 통하지 않지만, 좋은 대접 받으며 자란 것 같으니 비싸게 팔리겠다고…… 생각하지 않았을까?"

리오가 고지식하게 이유를 추측해서 설명했다.

"……그, 그런 거, 사는 놈도 사는 놈이야! 취향 한 번 더럽네! 그런 놈들을 상대하면 뭐가 재미있어? 인형이 아니라고!"

순간, 마사토가 숨을 삼키고 상기된 목소리로 말했다. 현대사회에서 자란 마사토에게는 노예라는 존재 자체가 도덕적으로 절대악이었다.

"뭐, 사는 이유는 사람마다 다르겠지. 즐거움과 상관없이 단순히 노동력으로 쓰기 편리해서 산다는 사람도 있는 모양이니까……."

리오가 난처한 얼굴로 말했다. 현대 일본인으로서 갖고

있던 가치관을 버리고 노예제도를 필요한 사회제도의 하나로 받아들인 자신과 달리, 노예제도에 분노하는 마사토가 괜히 눈부셔 쳐다볼 수 없었다. 그와 동시에 미하루 일행이 지금의 자신처럼 닳고 닳은 가치관을 갖지 않길 바랐다.

"뭐야, 그게……."

마사토는 납득하지 못했다. 그렇다고 무의미하게 소란 피우는 것이 얼마나 어리석은지 어렴풋이나마 이해했는지 힘없이 고개를 숙였다.

"……하던 이야기로 돌아가죠. 세 사람이 지구가 아닌 다른 세계에 왔다는 것은 이제 받아들일 수 있습니까?"

리오는 안타까워 쓴웃음 짓고 바로 앞에 앉은 미하루를 쳐다봤다.

"……네."

미하루가 심각한 얼굴로 고개를 끄덕였다. 그렇지 않으면 설명할 수 없는 사항이 쏟아져 나왔다. 인정하고 싶지 않지만, 인정할 수밖에 없었다.

"당연히 그럴 거라 생각하지만, 지구로 돌아가고…… 싶죠?"

리오가 살피듯이 물었다.

"도, 돌아갈 수 있어요?!"

그러자 아키가 벌떡 일어나 온힘을 다해 물었다.

"진정해. 내가 잘못 물었어. 돌아갈 수 있을지 없을지 나도 몰라. 가능성이 없지는 않다고 생각하지만……."

리오가 아키를 진정시키고 미안해하며 고개를 저었다.

"아, 아뇨. 저야말로 지레짐작해서 죄송해요……."

아키가 부끄럽게 사과했다.

"저는 세 사람이 왜 이 세계에 왔는지 모릅니다. 하지만 세 사람이 이 세계에 왔을 때 서 있었을 것으로 보이는 현장에 시공마술을 사용한 것으로 보이는 흔적이 있었어요. 제가 세 사람의 존재를 알게 된 것도 시공마술의 흔적을 발견했기 때문입니다. 그러니까 세 사람은 인위적으로 이 세계에 불려왔을 가능성이 커요."

리오는 현시점에 파악한 사실을 미하루 일행에게 전했다.

"시공마술……이요?"

미하루가 낯선 말에 의문형으로 말을 맺었다.

"네. 이 세계에는 마술이라 불리는 과학으로 설명할 수 없는 기법이 존재해요. 예를 들면 제가 초원에 이 집을 꺼낸 것도 시공마술을 이용한 겁니다."

"그게……."

"마술을 쓰려면 술식을 그리고 마력을 주입해야 하는데, 말로 설명하면 이해하기 어려울 테니 지금부터 직접 보여 주겠습니다."

리오는 설명하고 테이블에 둔 필기도구류에서 깃펜과 종이를 꺼내 간단한 기하학 문양 술식을 그렸다. 미하루 일행은 신기해하며 리오가 그리는 술식을 쳐다봤다. 약 몇 십 초 뒤, 술식이 완성됐다.

"굉장히 기본적이지만, 이게 술식이에요. 여기에 마력을 주입하면……."

리오는 술식을 그린 종이에 손을 대고 마력을 주입했다. 그러자 종이에 그린 술식이 마력인 오드를 흡수하고 마나에 간섭해 세계 현상을 바꿨다.

그 직후, 술식 위에 직경 몇cm 정도의 작은 물덩어리가 나타났다. 물덩어리는 중력을 따라 낙하해 술식을 그린 종이를 흠뻑 적셨다.

"세계 현상이 바뀌고 아무것도 없는 곳에 물이 나타났죠? 지금 건 초보적인 물 마술인데 무수히 존재하는 술식을 자유자재로 조합해 불을 조종하거나 얼음을 만들거나 전기를 생성하는 등, 다양한 현상을 일으킬 수 있습니다."

리오는 일단 최소한의 설명으로 미하루 일행에게 마술 시험을 보였다. 미하루 일행은 놀라서 눈을 크게 뜨고 물에 젖은 종이를 쳐다봤다.

"괴, 굉장하다! 굉장해, 하루토 형! 이게 마술이구나!"

마사토가 제일 먼저 정신을 차리고 눈을 빛내며 소리쳤다.

"시끄럽네, 갑자기 큰 소리 내지 마."

미하루를 사이에 두고 옆에 앉은 아키가 민폐라며 지적했다.

"그렇지만, 아키 누나, 지금 봤잖아?! 아무것도 없는 곳에 물이 나타났어. 마술, 이게 마술이야!"

마사토가 아키의 지적을 흘려듣고 천진난만하게 기쁨을

드러냈다.

"초원에 집이 나타난 거랑 비교하면 그렇게 놀랄 정도는 아닌데."

아키가 새침한 얼굴로 말했다. 미하루는 그런 두 사람을 흐뭇하게 바라봤다.

"그래. 아키가 말한 대로, 아까 내가 아무것도 없는 곳에서 바위 집을 꺼낸 것에 비하면 별 일 아니야. 그게 시공마술이야. 시간과 공간에 간섭하는 것이 얼마나 힘든지, 막연히 상상할 수 있겠지?"

"……네. 평범하게 할 수 없는 일이라는 것 정도는요."

리오의 물음에 아키가 반신반의한 표정으로 고개를 끄덕였다.

"마술이 보급된 이 세계의 사람들도 거의 너처럼 인식해. 시공마술은 아직 실용화 엄두도 못내는 기법이야. 뭐, 시공마술에도 여러 종류와 난이도 차이가 있고, 내가 보여준 것처럼 일부 예외는 있지만."

리오가 시공마술의 난이도를 일부러 강조했다. 미하루 일행이 시공마술로 이 세계에 소환된 특이성을 부각시키려는 목적이었다.

"그래서 어떻게 된 거야? 내용이 어려워져서 이해가 잘 안 되는데."

마사토가 괴로워하며 고개를 갸웃거렸다.

"세 사람이 이 세계에 불려온 건 아마도 시공마술 때문

일 건데, 적어도 지금 이 세계의 마술수준으로는 그 시공
마술을 재현해 너희를 지구로 돌려보내기가 한없이 불가
능에 가깝다……는 걸까.”

리오가 쓴웃음 지으며 알기 쉽게 설명했다.

“아직 이해가 잘 안 되는데 요컨대 우리는 이 세계 사람
들도 다루지 못하는 마술로 불려왔다는 거야? 이 세계에
존재하는 마술인데?”

마사토의 의문은 지당하고 정확했다.

“이 세계에는 천 년도 더 전에 신들도 휘말린 전쟁 때문
에 잃어버린 마술문명이 있어. 그 시대에는 현대보다 훨씬
고도의 마술이 수많이 있었지. 난 세 사람을 이 세계로 부
른 시공마술이 그 당시의 마술이 아닐까 싶어.”

리오가 솔직한 마사토의 의문에 감탄하며 답안을 제시
했다.

“시, 신들도 휘말린 전쟁……. 그래, 그럼 이해가 돼.”

마사토가 왠지 흥분해서 납득했다.

“……너 그런 거 좋아하지? 단순해서 부럽다.”

아키가 못 말린다며 한숨을 쉬고 뒤로 갈수록 작게 중얼
거렸다. 지구의 상식으로는 도저히 믿기 어려운 내용뿐이
라 머리가 피곤해졌나보다.

‘슬슬 이야기를 정리하는 게 좋을까? 어려운 이야기는
차차 설명하면 될 테고.’

의외로 이 중에서 가장 순응성이 높은 것은 최연소인 마

사토일지도 모르겠다며, 리오는 쓴웃음 지으며 생각했다.

"아무튼 세 사람이 이 세계에 온 원인이라 생각되는 이야기는 이상입니다. 현시점에는 명확한 단서가 없지만, 주변을 살펴보면 세 사람을 지구로 돌려보낼 힌트 정도는 얻을 수 있을지도 몰라요. 세 사람은 뭐 마음에 걸리는 거 없습니까?"

리오가 이야기를 정리하며 질문은 없냐고 물어봤다.

"······저기, 우리, 이 세계에 오기 직전에 다섯이서 같이 있었거든요. 다른 두 사람이 근처에 나타난 흔적은 없었나요?"

아키가 머뭇머뭇 물었다.

"적어도 근처에 그런 마력 흐트러짐은 없었던 것 같은데······. 같이 있었다는 건 다른 두 사람도 어느 정도 가까이 있었다는 거지?"

리오가 생각에 잠긴 얼굴로 되물었다.

"네, 같이 하교하려고 모여서 선 채로 대화하고 있었어요."

"그때, 뭐 이상한 점 못 느꼈어? 시공마술이 발동했다면 공간이 일그러지듯이 보였을 텐데."

"오빠······ 오빠랑 이야기하고 있었는데 눈앞에 있던 오빠가 일그러진 것처럼 보였어요."

아키가 기억을 되살리는지 천천히 대답했다.

"오빠가······."

순간, 리오는 자기를 말하는 줄 알고 덜컹했다. 하지만 곧 재혼상대가 데려온 자식일 것이라 생각을 고쳤다.

"저기, 저는 사츠키 씨라는 선배와 대화하던 중이었는데 사츠키 씨가 일그러진 것처럼 보였어요. 착각일 수도 있는데 일그러짐이 저희 쪽으로 밀려온 것 같아요."

미하루도 쭈뼛거리며 자신이 목격한 광경을 말했다.

"……아키도 미하루 씨랑 같아?"

"네, 네. 순간적이라 자신은 없지만, 오빠를 중심으로 일그러지는 게 커져서 밀어닥치는 느낌이라고 하나?"

아키가 고개를 갸웃거리며 대답했다.

'보통 시공마술은 대상을 중심으로 공간이 일그러져. 두 사람의 말이 맞다면 사츠키라는 사람과 아키의 오빠를 중심으로 시공마술이 각각 발동한 것 같은데.'

"세 사람이 목격한 대로라면 그 두 사람도 시공마술로 이 세계에 불려왔을 가능성이 굉장히 높다고 생각합니다."

리오는 두 사람의 증언을 즉각 분석하고 생각한 사실을 그 자리에서 미하루 일행에게 전했다.

"저, 정말요?!"

아키가 확 밝아진 얼굴로 물었다.

"아마도. 그 두 사람이 불려온 대상이고 셋은 휘말린 것 같아. 다른 두 사람과 떨어진 건 두 사람의 시공마술이 가까운 거리에서 서로를 간섭해 전이할 곳의 좌표가 엉망이 돼서 그런 것 같기도 하고."

리오가 아키와 대조적으로 얼굴에 그림자를 드리우며

대답했다.

"그, 그렇지만, 이 세계 어딘가에 오빠가 있다는 건 틀림 없죠?"

아키가 매달리듯이 자기가 원하는 대답을 추구했다. 그 오빠를 어지간히도 좋아한다는 게 엿보였다. 마치 절망 속에서 활로라도 찾아낸 것 같았다.

"……단언할 수는 없지만, 그럴 가능성이 커."

리오가 난처한 얼굴로 대답을 얼버무렸다. 가능성은 상당히 크다고 생각하지만, 사용된 시공마술이 무엇인지 모르는 이상, 함부로 말할 수 없었다. 그리고 아키는 아직 그럴 가능성에 생각이 미치지 못한 것 같은데, 설령 이 세계에 불려왔더라도 무사할지 어떨지 알 수 없었다.

하지만 쓸데없이 불안을 부채질할 수는 없었다. 지금은 그들의 눈앞에 놓인 문제에 집중시키고 해결하는 것이 먼저였다.

"아직 모르는 것 투성이지만, 지금은 앞으로의 생활에 대해 생각합시다. 제가 할 수 있는 일이라면 가능한 한 협력하고, 당장 필요한 의식주도 보장할 테니 그동안 이 세계의 말과 상식을 익히세요."

리오가 힘껏 미소 짓고 눈앞에 앉은 미하루 일행에게 말했다.

"그, 그래도 돼요?"

미하루가 리오의 안색을 살피며 머뭇머뭇 물었다.

말도 안 통하는 미하루 일행이 이 세계에서 살아간다는 것은, 아무리 좋게 추측해도 불가능했다. 살아가기 위해서는 리오에게 의지해야 했다.

사실은 미하루가 먼저 부탁하려고 했다. 하지만 처음 보는 세 사람을 돌봐달라니, 무척 뻔뻔한 말이라는 걸 아주 잘 아는지라 어떻게 이야기를 꺼내야 할지 몰랐고, 이야기 흐름 때문에도 말을 꺼내지 못했었다.

"네. 한 가지 지켜줬으면 하는 조건이 있는데, 그것만 준수해준다면요."

리오가 미하루 일행이 경계하지 않도록 가볍게 말했다.

"조건, 이요?"

"그렇게 긴장할 필요 없습니다. 저는 전생의 기억을 가진 것을 포함해 조금 특이한 존재라, 저와 함께 사는 동안 보고 듣게 될 제 비상식적인 측면을 제 허가 없이 제삼자에게 흘리지 말아주세요. 예를 들면 이 집이라든가. 단, 안전이 위협받는 경우에는 정보를 흘려도 괜찮습니다. 어때요?"

"어, 어어, 그런 조건으로 충분한가요? 사람을 셋이나 돌봐주는데요?"

리오가 조건을 제시하자 미하루가 조금 놀라서 물었다.

이러면 리오의 부담만 크고 미하루 일행의 부담은 실질적으로 아무것도 없는 것이나 다름없었다. 미하루 일행에게는 생각도 못한 제안이었고 리오에게 의지하는 것 말고는 방법이 없지만, 너무 일방적인 베풂에 스멀스멀 송구스러움이 밀어닥쳤다.

"네. 조건을 준수하겠다고 맹세해주시겠습니까?"

"……네, 네. 맹세합니다. 제가 할 수 있는 건 무엇이든 하겠어요. 이 은혜는 언젠가 반드시 갚을 테니 제발 저희를 보호해주세요. 부탁드립니다."

미하루가 미안함에 괴로워하며 리오에게 깊이 머리를 숙였다.

"부, 부탁드립니다."

옆에서 머리를 숙이는 미하루를 보고 아키와 마사토도 나란히 머리를 숙였다.

"그럼 결정됐네요. 고개 드세요. 슬슬 배고프지 않습니까? 복잡한 이야기는 차차하고, 밥부터 먹죠. 지금부터 준비할 테니, 뭐 먹고 싶은 거 있으면 만들겠습니다."

리오가 울적한 분위기가 마음에 안 드는지 밝게 말했다.

"저, 저기, 저도 도울게요! 애들이 뭘 좋아하는지도 알고, 일단 요리에는 자신 있으니 앞으로는 요리는 맡겨주세요!"

미하루가 얼른 돕겠다고 했다.

"그럼 부탁드려도 될까요?"

"네, 열심히 할게요!"

리오가 머뭇머뭇 부탁하자 미하루가 두 손을 꼭 쥐고 다짐했다.

"아, 그럼 저도 도울게요!"

아키가 서둘러 자기도 돕겠다고 했다.

"그, 그러지 마, 아키 누나. 햄버그 불태운 지 얼마 안 됐잖아."

마사토가 서둘러 아키를 말렸다.

"시, 시끄러워! 그건 어쩌다보니 그렇게 된 거야. 오빠는 맛있다고 해줬다고."

아키가 울컥해서 입술을 내밀며 반박했다.

"아니, 형이 한 말은 어딜 봐도 인사치레지."

마사토가 굳은 얼굴로 잘라 말했다. 미하루가 아키를 적극적으로 도와주지 않는 것을 보니 아키는 정말 요리를 못하나보다.

"4인분만 만들면 되니까 나랑 미하루 씨만 있으면 돼. 주방 사용방법도 설명하면서 만들 거니까 둘은 먼저 씻어."

리오가 악악 말다툼을 벌이는 두 사람을 달래듯이 제안했다.

"이 집에 욕실도 있어요?"

아키가 감탄하며 눈을 크게 떴다. 한 때는 노숙까지 각오했던지라 씻을 수 있다는 것은 그 나잇대 소녀에게 무척 기쁜 일이었다.

"제일 먼저 마도구…… 아티팩트라고도 하는데, 욕실에 있는 걸 어떻게 쓰는지 가르쳐줄 테니 다 같이 욕실로 갈까?"

그들은 먼저 욕실로 이동했다.

"자."

리오가 탈의실에서 욕실로 이어지는 문을 열고 미하루 일행이 안으로 들어가게 권했다.

"실례합니다."

미하루 일행은 쭈뼛거리며 욕실 안으로 들어갔다.

"대박……."

아키가 생각보다 큰 욕실 설비에 놀라고 기가 막혀 자기도 모르게 중얼거렸다.

전 일본인인 리오의 재치인지 탈의실 문에 노렌(주석#1)이 걸려있어서 마치 온천에 온 착각이 들었다. 실제로 욕실에 들어가 보니 온천과 다름없었다. 탈의실도 넓었는데 욕실도 넓었다.

욕실 반 이상은 타일로 가공한 돌 세면장이 차지했다. 남은 면적을 차지한 바위 욕조도 대단했는데 어른 몇 명이 동시에 들어갈 만큼 넓었다.

또, 바위 표면에 설치한 마도구 토수구에서 항상 신선한 뜨거운 물이 공급됐고, 바위 욕조 안에 설치한 마도구 덕분에 정기적으로 손질만 해주면 일부러 뜨거운 물을 갈며 부지런히 청소할 필요도 없었다. 바위 욕조 안의 온수는 투명하니 맑았고 하얀 김을 내며 찰랑찰랑 흔들렸다.

"머리랑 몸을 씻을 때는 세면장에 여러 개 설치된 이 동그란 조약돌을 건드리세요. 마도구가 건드린 시간에 따라 마력을 흡수하면 저기 있는 토수구로 온수가 나옵니다. 오른쪽 조약돌은 높은 곳에 있는 토수구, 왼쪽 조약돌은 낮은 곳에 있는 토수구와 이어져있어요."

리오는 세면장 벽으로 다가가 설치된 마도구를 가리키며 말했다. 척 보니 세 사람의 몸에 적지 않은 양의 마력이 흘러서 사용에는 문제가 없을 터였다.

"마, 만져 봐도 돼?"

마사토가 흥미진진한 모습으로 질문했다.

"그래. 꽤 뜨거운 물이 나오니까 조심해."

리오가 허락하자 마사토가 의기양양하게 술식을 새긴 왼쪽 조약돌을 만졌다. 곧바로 낮은 곳에 있는 토수구에서 온수가 콸콸 뿜어져 나왔다.

"짱이다! 재미있어!"

마사토가 천진난만하게 촐싹거렸다.

"비누는 네 종류가 있는데 저기 있는 금속 용기에 있어요. 왼쪽부터 샴푸, 트리트먼트, 클렌징 폼, 바디워시 순입니다. 수건은 탈의실 선반에 있으니 한 사람씩 자유롭게 꺼내 쓰세요."

"네, 네."

미하루와 아키가 쭈뼛거리며 고개를 끄덕였다. 너무 충실한 욕실설비에 당황하지 않을 수 없었다.

"그럼 욕실 사용법은 이쯤하고, 누가 먼저 씻을 거야?"

리오가 물었다.

아키와 마사토가 얼굴을 마주봤다.

"제가 먼저 들어가고 싶어요!"

"내가 먼저 들어갈래!"

두 사람이 깔끔하게 입을 모아 말했다.

◇ ◇ ◇

그 뒤, 치열한 가위바위보 전쟁 끝에 아키가 먼저 씻게 됐다. 마사토는 집안을 마음대로 탐험하게 해서 심심함을 달래주기로 했다.

리오는 그동안 미하루와 힘을 모아 둘이서 저녁식사 준비에 매달렸다. 교복 위에 리오에게 빌린 앞치마를 걸친 마하루는 가정적이고 무척 귀여웠다.

"그럼 만들어볼까요?"

리오가 어색하게 웃으며 미하루에게 말했다. 조리기구 배치, 조미료 보관 장소, 식자재 냉장고, 불과 물이 나오는 마도구 사용법 등은 이미 설명했다. 저녁 메뉴도 일식으로 결정했다.

"네. 그럼 제가 된장국과 우엉볶음 그리고 조림 반찬을 만들게요."

미하루는 서글서글 웃으며 고개를 끄덕이고 된장국부터 만들 생각인지 움직이기 시작했다. 움직임에 망설임이 없어서 요리에 익숙하다는 게 엿보였다.

'……정말로 요리를 잘하는구나.'

리오는 쌀을 안칠 준비를 하면서 미하루의 움직임에 감탄하며 넋 놓고 봤다. 바로 눈앞에 자기가 모르는 미하루가 있어서 무척 신선한 느낌이 들었다.

"저, 저기, 제가 뭐 실수했나요?"

미하루가 리오의 시선을 느끼고 쭈뼛쭈뼛 물었다.

"아, 아뇨, 죄송합니다. 요리가 능숙해 보여서요."

리오가 몸을 움찔하고 겸연쩍어하며 대답했다.

"아하하, 고맙습니다. 어머니 덕분이에요. 어릴 적부터 요리를 많이 가르쳐주셨거든요."

미하루는 수줍어하면서도 일하는 손을 멈추지 않았다.

"어머니께…… 그렇군요."

리오는– 아니, 아마카와 하루토였던 자신은 미하루가 그녀의 어머니에게 요리를 배웠다는 사실을 몰랐다. 아마 하루토와 헤어진 뒤에 배우기 시작했으리라.

"하루토 씨는 자주 요리하세요?"

미하루가 리오에게 물었다.

"그렇죠. 홀로 여행 중이라 취미 정도로요."

"저, 사실은 남자가 만든 요리는 먹어본 적이 없어서 기대돼요."

리오가 어깨를 으쓱하고 대답하자 미하루가 낯간지러운 듯이 미소 지었다.

"……고만고만한 요리지만, 열심히 하겠습니다."

리오는 조금, 아니, 제법 의욕이 생겼다. 계속 들떠 있을 수는 없다며 마음을 다잡았다.

그로부터 두 사람은 신기하게도 서로를 방해하지 않고 호흡을 맞춰 효율적으로 요리를 진행했다. 서로의 요리 실력을 칭찬하고 겸손하게 받고, 간을 보고 감상을 나누는 평화로운 시간이 흘렀다.

◇ ◇ ◇

리오와 미하루가 요리를 시작할 무렵, 아키는 바위 욕조에 몸을 담그고 멍하니 천장을 올려다봤다. 그리고 오늘 하루 동안 일어난 많은 일을 회상했다.

오늘은 놀라운 일뿐이었다. 지구가 아닌 세계로 왔나 싶더니 조난당하고, 겨우 찾은 낯선 사람과는 말이 안 통하고, 노예가 될 뻔하고, 하지만 곧바로 다른 낯선 사람이 구해주고, 그 사람이 돌봐주게 돼서 이렇게 느긋하게 욕조에 몸을 담그고 있었다.

'하루토 씨에게는 정말 고개를 못 들겠어⋯⋯. 하루토 씨, 하루토, 하루토⋯⋯.'

아키는 머릿속에 하루토─ 리오의 얼굴을 떠올리며 점점 괴로운 기억으로 존재하는 다른 누군가를 떠올렸다. 그리고 벌레 씹은 표정을 지었다.

'우으⋯⋯. 하루토 씨는 그 녀석이랑 다른데 그 녀석이

어른거려.'

　그 녀석이란 아마카와 하루토. 일찍이 아키의 오빠였던 사람이다.

　아키는 아마카와 하루토라는 사람이 너무나 싫었다. 말만 그런 게 아니라 감정적으로 싫었다. 하루토는 그 남자-하루토의 아버지와 함께 어머니와 자신을 버리고 어디론가 가버렸다. **약속을 지키지 않은 거짓말쟁이다.**

　한편, 아키는 어머니를 매우 좋아했다. 정말로 좋아했다. 어머니는 아키를 소중히 키워줬다. 이혼 후, 실은 괴로웠을 텐데 아키의 앞에서는 절대 약한 모습을 보이지 않고 보상 없는 사랑을 쏟아줬다.

　부모님이 이혼한 당시, 아키는 고작 네 살도 되기 전이었다.

　당시 기억은 흐릿하지만, 이혼하기까지의 삶은 참 행복했다. 지금은 인정하기 어렵지만, 당시의 아키는 그 가족이 제일 좋았다.

　특히 오빠가 정말 좋아서, 당시의 아키는 그야말로 오빠바라기였다. 그리고 옆집에 사는 미하루도 똑같이 좋아하는 언니바라기였다.

　그도 그럴 것이 당시의 아마카와 가는 부모님이 맞벌이라 미하루네 집에서 맡아주는 일이 많았다. 하루토와 미하루 둘이 아키를 돌보는 것이 일상이었다.

　아키는 항상 두 사람 곁에 있었다. 그래서 제일 잘 알았다. 하루토와 미하루는 무척 사이좋고, 정말 잘 어울린다는 것을.

당시, 사이가 너무 좋아서 둘만의 공간을 빈번하게 만들던 두 사람은 아키에게 이상적인 오빠와 언니였다. 두 사람이 친하게 지내면 아키까지 행복해져서 그런 두 사람에게 귀여움 받는 게 무엇보다 기뻤고, 최고로 행복한 시간이었다.

그렇다. 두 사람에게 어리광부리는 것은 아키만의 특권이었다. 아키만이 두 사람의 특별한 공간에 무조건적으로 들어가는 것이 허락됐다. 아키만이 특별한 두 사람에게 특별 취급을 받았다. 그 사실이 무엇보다 특별해서— 정말 기뻤다.

그래서 아키는 하루토와 미하루에게 항상 셋이서 함께 있자고 부탁했다. 그러자 두 사람은 쑥쑥 자라도 아키 곁에 있겠다고 맹세했다. 하루토는 미하루만이 아니라 아키도 지켜주겠다고 약속했다. 그런데 손바닥을 뒤집듯이 하루토는 일찍이 아버지였던 남자와 함께 어딘가로 가버렸다.

"거짓말쟁이."

무심코 중얼거린 아키의 목소리가 토수구에서 쏟아지는 물소리에 섞여 메아리쳤다. 지금도 약속을 지키는 것은 좋아하는 미하루뿐이었다. 미하루만은 변함없이 계속 아키 곁에 있어줬다. 아키를 지금도 동생처럼 소중히 대해줬다.

'그런 녀석은 잊자. 이미 오래전에 잊었을 텐데…….'

아키는 이루 말할 수 없는 복잡한 기분에 얼굴을 잔뜩 찌푸렸다. 그리고 세차게 고개를 저었다.

지금까지 하루토와 그 남자는 집에서 화제가 된 적이 없었다. 그래서 아키가 그들에게 가진 혐오감을 가족 앞에 꺼낸 적도 없었다. 어머니의 재혼상대인 양아버지는 그렇다 치고, 의붓오빠인 타카히사와 의붓동생인 마사토는 하루토의 이름도 모를 터였다.

다만, 유일하게 미하루만은 아키가 하루토에게 가진 혐오감을 알았다. 아키는 예전에 미하루의 앞에서 화를 낸 적이 있었다.

그런 녀석 이야기 따위는 하지 말라고.

아키는 어머니가 여자 혼자의 손으로 키워준 것을 알기에, 그들 때문에 몰래 밤에 홀로 우는 것을 알기에, 용서하지 않았다. 어느샌가 끔찍이도 미워졌다.

벌써 몇 년 전의 일일까. 어느 날, 미하루가 생각났다는 듯이 하루토 이야기를 꺼내자 아키는 거부반응을 보였다. 그때, 미하루는 슬프게 사과했다. "미안해."라고. 그 뒤로 미하루가 하루토를 화제로 꺼내는 일은 한 번도 없었다.

그리고 오늘, 하루토라는 이름을 듣고 무심코 하루토를 떠올린 아키가 일행 앞에서 이상한 태도를 보이고 말았을 때, 미하루는 마치 아키의 마음을 꿰뚫어본 것처럼 아키의 이름을 불렀다. 아키가 하루토 때문에 분노를 표출한 날 이후로도 미하루는 여전히 사이좋게 지내줬다. 하지만 미하루는 지금 대체 어떤 기분일까, 아키는 문득 생각하고 말았다.

'아, 정말! 떠올리기도, 생각하기도 싫은데!'

없었던 일로 하고 싶은 과거일수록 한 번 떠올리면 끊임없이 기억이 넘쳐흘렀다. 첨벙— 아키는 창피함에 욕조 안에서 몸부림쳤다.

'다른 일을 생각하자. 그래, 오빠. 오빠를 생각하자. 그리고 사츠키 씨.'

아키는 아마카와 하루토가 아닌 오빠 센도 타카히사와 미하루와 타카히사의 선배인 스메라기 사츠키라는 소녀를 생각하려고 고개를 세차게 좌우로 흔들었다.

센도 타카히사는 아키 어머니의 재혼상대의 자식으로 마사토의 친형이다. 나이는 올해 열여섯 살로, 미하루와 동갑이다. 아키를 통해 미하루와 알게 됐고 한눈에 반해 미하루만 생각하게 됐다. 조금 듬직하지 못한 점이 있지만, 상냥하고 다정하며 공부와 운동도 잘하고 외모도 잘생겨서 이성에게 인기가 많다. 어머니의 재혼으로 만난 지 아직 몇 년밖에 안 됐지만, 아키에게는 자랑스러운 오빠였다.

한편, 스메라기 사츠키는 미하루와 타카히사의 중학교 시절 한 살 위의 선배로 사츠키가 학생회장을 하던 시절의 학생회 멤버로 친해진 인물이다. 미하루와 타카히사가 진학한 고등학교에 다니고, 이 세계에 오기 직전에 고등학교 입학식에서 다시 만났는데 아키와도 안면이 있었다. 참고로 유명한 기업 사장의 영애로 카리스마가 있어서, 아키는 사츠키를 허점 없는 완벽초인이라 생각하며 몰래 동경했다.

"오빠, 사츠키 씨······. 둘 다 무사할까?"

아키가 불안해하며 중얼거렸다. 둘 다 자신과 마사토보다 훨씬 똑똑한 사람이지만, 자기들이 이 세계에서 체험한 사건을 돌이켜보니 괜히 걱정됐다. 특히 오빠 타카히사는 나사 빠진 부분이 있어서 더 그랬다.

냉정히 생각해보니 혹시 자기들과 같은 일을 당하지는 않았을까, 최악의 시나리오가 머릿속을 스쳐지나가며 불안이 끊임없이 밀어닥쳤다.

하지만 그렇더라도 자신은 아무것도 할 수 없었다. 하루토가 없으면 이 세계에서 살 수조차 없는 몸이라 쓸데없이 수선을 떨 수도 없었다. 그 정도는 아키도 분별했다.

"지금 내가 할 수 있는 건, 하다못해 빨리 이 세계에서 살아갈 수 있도록 많은 걸 배우는 것뿐이겠지. 그리고 돌아가는 거야, 모두와 함께. 어머니와 아버지가 계신 지구로."

단순히 현실에서 눈을 돌리는 것일 수도 있지만, 도망치는 것보다는 나았다. 아키는 스스로에게 그렇게 말하며 희망을 버리지 않을 것을 재확인했다.

'······하루토 씨는 지구로 돌아갈 생각은 안 하나? 전생이 대학생이라고 했는데 환생했나? 그런 게 정말로 있구나······.'

아키는 앞으로 편의를 봐줄 후견인을 생각했다.

어딘가 공허하다고 할까? 수수께끼가 많아 정체를 모르

겠지만, 결코 나쁜 사람은 아닌 것처럼 보였다. 오히려 너무 착할 정도로 선인이었다.

차분하고 신사적인 성격에 아름다울 정도로 잘생긴 외모, 무척 믿음직스럽고, 딱 접해본 느낌으로는 나무랄 데가 없었다.

'아…… 슬슬 나가야겠다.'

아키는 갑작스러운 현기증을 느끼고 어느샌가 머리에 열이 오른 것을 알아차렸다. 너무 기분이 좋아 오래 몸을 담근 탓도 있었고, 이것저것 너무 많이 생각한 탓도 컸다.

천천히 일어나서 바위 표면을 짚어 흔들리는 몸을 지탱했다. 그러다 현기증이 가라앉자 아키는 흐느적흐느적 탈의실로 갔다.

서늘한 탈의실 공기가 기분 좋았다. 입었던 속옷을 다시 입자니 몹시 꺼려졌지만, 공교롭게도 갈아입을 속옷이 없어서 참고 어린이용 같은 팬티를 입었다. 발육 상, 브래지어는 착용하지 않아서 어린이용 같은 캐미솔을 입었다.

"우으……. 조금만 더, 이렇게, 미하루 언니처럼……."

아키는 끙끙대며 기복이 없는 자기 몸을 만졌다. 마르고 여성스러운 미하루 같은 체형을 동경할 나이였다.

아키는 옷을 갈아입고 거실로 돌아왔다.

맛있는 냄새가 감돌아서 쭈뼛쭈뼛 주방을 들여다보니 리오와 미하루가 사이좋게 저녁식사를 만들고 있었다.

"……."

아키는 두 사람에게 말을 걸려고 했지만, 왠지 말이 나오지 않았다. 묘한 데자부를 느끼고 멍하니 두 사람을 쳐다봤다.

하지만 곧 고개를 좌우로 젓고 기시감을 내쫓았다.

"아키, 나왔구나. 피로는 좀 풀렸어?"

리오가 아키를 알아차리고 상냥하게 말을 걸었다.

"아, 네. 엄청 좋았어요. 먼저 씻게 해주셔서 고맙습니다."

아키가 쭈뼛쭈뼛 고개를 숙였다.

"그거 다행이다. 그럼 마사토한테도 씻으라고 해줄래? 집 어딘가를 탐험하고 있을 거야."

"타, 탐험……. 알겠어요."

마사토도 애라니까, 아키가 기막혀하며 고개를 끄덕였다.

"그리고 저기 있는 상자에 시원한 음료수가 있으니까 마음껏 마셔. 잔은 저기 선반에 있는 거 아무거나 쓰면 돼."

"고, 고맙습니다. 하나에서 열까지, 정말로…….."

아키는 꾸벅꾸벅 고개를 숙였다. 정말 극진한 대접이었다.

그 뒤, 아키는 마사토를 찾아 씻으라고 전달하고 거실 소파에 앉아 아이스티를 마셨다.

'향 좋다아.'

아키는 아이스티의 트로피컬한 향기와 서늘한 금속 머그잔의 감촉을 즐기며 멍하니 주방을 엿봤다.

주방에서는 리오와 미하루가 대화를 나누며 요리를 만들고 있었다. 둘만의 공간이 만들어졌다. 왠지 이상하게 끼어들기 어려웠다.

'뭐지, 이 느낌…….'

아키는 또 묘한 기시감을 느꼈다.

하지만 기시감의 정체를 알아내지 못해 형언하기 어려운 답답함을 느꼈다. 두 사람을 보고 있으면 가슴이 욱신거렸다.

아키는 몰랐다. 약속을 깼다고, 진심으로 불합리하게 미워하는 사람이 자신을 궁지에서 구해준 인물임을. 일찍이 아마카와 하루토로 살았던 기억을 가진 리오가 지금까지 어떤 인생을 살며 지금 같은 마음으로 이 순간을 살고 있는지.

아니, 아키만이 아니라 이 집에 있는 본인 외, 모두 알리 없었다.

운명은, 잔혹하다.

◇ ◇ ◇

마사토가 씻고 나오자 마침 저녁식사도 완성됐다.

"저녁 준비 다 됐어. 둘 다 이리 와."

리오가 아키와 마사토를 식탁으로 불렀다.

식탁에는 밥과 된장국, 닭고기튀김, 조림반찬, 우엉볶음, 나물반찬, 샐러드라는 다채로운 음식이 올라와 있었다.

"……일식?"

아키가 식탁에 오른 음식을 보고 몸을 굳혔다. 설마 지구가 아닌 세계에서 일식을 먹게 될 줄은 몰랐다.

"우와, 완전 맛있겠다!"

마사토는 아키와 정반대로 의심스러워하지도 않고 눈을 빛냈다.

"먹을까? 편한 자리에 앉아."

리오의 권유에 각자 마음에 드는 자리에 앉은 결과, 리오는 미하루 옆에 앉고, 마사토는 아키 옆에 앉아 넷이 마주보게 됐다.

"잘 먹겠습니다."

그들은 자연스럽게 입을 모아 말하고 밥을 먹기 시작했다.

"맛있다~! 이거 미하루 누나가 만들었어?"

마사토가 망설이지 않고 닭튀김에 젓가락을 댔다. 모락모락 김이 나는 닭고기튀김이 입 속에 육즙을 내뿜자 마사토가 행복해하며 활짝 웃었다.

"아니, 하루토 씨가 만들었어."

"와아, 하루토 형, 대박이다. 이 조림반찬도 맛있어."

미하루가 고개를 젓고 설명하자 마사토가 감탄했다.

"조림반찬은 미하루 씨가 만들었어. 단시간에 만들었는데 맛이 배어서 엄청 맛있어요, 미하루 씨."

리오가 옆에 앉은 미하루를 추켜세웠다. 이것이 태어나서 처음 먹어보는 미하루의 수제 요리였지만, 리오는 미하루가 만든 요리에 망설임 없이 젓가락을 가져갔다.

"고맙습니다."

미하루가 낯간지러운지 수줍어했다.

식탁에 평화로운 분위기가 흘렀다.

◇ ◇ ◇

아키와 마사토는 정신적으로 지쳤는지 식사를 마치고 얼마 안 돼서 긴장의 끈이 풀려 강한 수마에 시달렸다. 미하루와 같이 저녁식사 뒷정리를 하던 리오는 두 사람을 먼저 침실로 안내해 자게 했다.

그 뒤, 리오는 얼른 다시 뒷정리를 하고 자기는 나중에 해도 된다며 미안해하는 미하루를 어찌어찌 먼저 씻게 하고 고요함이 돌아온 거실 소파에 앉았다. 따뜻한 차를 마시고 한숨을 쉬며 오늘 있었던 일을 멍하니 돌이켜봤다.

'조용……하네. 이렇게 조용하니 오늘 있었던 일이 전부 꿈이었던 것만 같아.'

그래, 마치 꿈만 같은 일이었다. 전생에 좋아했던 소녀가, 생이별한 동생과 함께 눈앞에 나타났다.

하지만 절대 꿈이 아니었다. 리오는 분명히 만났다. 이런 세계에서. 그렇게나 다시 만나기를 바랐던 미하루와. 그리고 하루토의 동생이었던 아키와. 그 사실은 분명 현실이었고 지금 상황으로 이어졌다. 탈의실 문 너머의 욕실에서는 그렇게나 좋아했던 소녀가 홀로 씻고 있었다.

'신용…… 받고 있나? 아니면 단순히 무방비한 것뿐인가?'

리오는 무심코 쓴웃음을 지었다.

말이 통하지 않아 남자들에게 붙잡혀 노예가 될 뻔했다. 리오는 절대로 미하루에게 손댈 생각이 없지만, 미하루는 그런 사실을 몰랐다. 리오를 경계하는 것 같지는 않지만, 마음은 불안할지도 몰랐다.

'어느 쪽이든 듣도 보도 못한 세계에 영문도 모르고 와버렸어. 스트레스로 정서불안이 와도 이상하지 않아. 안정을 취할 수 있는 환경을 마련해서 마음에 부담을 주지 않도록 해야…….'

리오는 심각한 표정으로 오른손으로 괴롭게 얼굴을 덮었다. 우연히 과거─ 전생을 떠올렸기 때문이었다.

'……밝혀야 할까? 미이와 아이들에게, 아마카와 하루토의 기억이 있다고.'

리오는 스스로에게 물었다.

말하면 미하루 일행이 혼란스러워할 것이 눈에 선했다. 애초에 리오는 말하고 싶은 걸까, 말하고 싶지 않은 걸까.

아마카와 하루토는 이미 죽은 사람이다. 그렇기에 미하루를 좋아한다는 강한 미련을 느끼면서도 리오는 전생의 자신과 스스로를 구별하는 게 가능했다. 아니, 가능했었다.

이제야 미하루가 리오의 눈앞에 나타났다. 하루토가 마지막으로 본 모습 그대로.

솔직히 한순간이라도 강한 충동에 시달린 것은 부정할

수 없었다. 어쩌면 아마카와 하루토가 헛되이 보낸 청춘을 다시 시작할 수 있지 않을까, 하는 충동에―.

그리고 이렇게 미하루와 만난 것을 기뻐하고 짧은 시간이라고는 하나 함께 보낸 것을 즐거워하는 자신도 분명히 있었다.

하지만 동시에 숨이 막혔다. 리오는 이제 되돌아갈 수 없는 인간이기 때문에.

결별했다. 부모님의 고향에서 괴로운 현실에서 도망치고 싶었던 약한 옛날의 자신과. 결정했다. 가끔은 자신의 손을 더럽힐 것을 두려워하지 않겠다고. 살았는지 죽었는지도 모르는 사람을 무작정 찾아나서 그가 살아있다면 죽이겠다고.

리오는 이미 변해버렸다. 아마카와 하루토의 여린 면은 이제 없다. 아마카와 하루토였는지도 모르겠다. 기억이라는 모호한 근거 말고는 증명할 수단이 없었다.

오늘, 태어나서 처음으로 사람을 죽였다. 지금 이 순간도 사람을 죽이는 느낌과 시체의 따뜻함이 희미하게 남아있는데 죄책감은 그다지 느껴지지 않았다. 죽어도 되는 사람이라 생각하고 죽였기 때문이리라.

그런데 그런 자신이 이제 와서 제 좋을 대로 미하루 일행에게 무엇을 밝힌다는 말인가. 아마카와 하루토의 기억이 있다고 밝히고 갑자기 좋아한다고 고백이라도 할 작정인가.

만약 미하루에게 좋아하는 사람이 있고 거절당하면 어쩔 텐가. 아니, 자칫 잘못하면 미하루 일행이 처한 상황을 구실 삼아 대답을 강요한다고까지 받아들일 수도 있었다.

'안 돼. 지금 말한들 미이…… 아니, 미하루 씨 일행을 난처하게 만들 뿐이야. 부담을 주지 않기로 했으면서 이런 당연한 걸 깨달으려고 이렇게 오래 생각에 잠기다니, 아직 냉정해지지 못했구나, 나는…….'

리오는 자신이 부끄러워 탄식했다.

아마카와 하루토가 죽기 몇 년 전에 실종됐을 미하루가 왜 고등학생인 채로 이 세계에 나타났는지 이유를 알 수 없었다. 그보다 상당히 혼란스러웠다.

하지만 지금의 자신이 할 수 있고, 앞으로의 자신이 최우선으로 해야 할 일이 무엇인지는 알았다. 미하루 일행을 지켜야만 한다. 그것만은 확실했다.

'말과 상식을 가르쳐주고…… 한동안은 미하루 씨 일행에게 달라붙어서 돌봐줘야겠군. 세리아 선생님을 만나러 가는 건 미루는 수밖에 없나.'

리오는 한동안 상황을 지켜보자고 생각했다.

그러자 거실에 탈의실 문이 열리는 소리가 들렸다. 리오가 탈의실 문을 보자 막 씻고 나온 미하루가 서 있었다.

미하루는 조심스럽게 문을 닫고 거실을 두리번거리며 둘러봤다. 여전히 교복을 입고 있었는데 막 씻고 나와서 그런지 은근히 요염했다.

미하루는 소파에 앉은 리오를 발견하고 시원스러운 발걸음으로 다가와 리오에게 고개를 숙였다.

"아, 하루토 씨. 잘 씻었어요. 먼저 씻어서 죄송해요."

옻칠한 것처럼 윤이 도는 미하루의 긴 흑발이 흔들리자 샴푸 향기가 리오의 코를 간지럽혔다. 리오는 심장이 쿵쾅거렸다.

"아뇨, 신경 쓰지 마세요. 그보다 할 이야기가 있는데, 잠깐 괜찮을까요?"

리오는 기분 탓이라는 듯이 고개를 젓고 이야기를 꺼냈다.

"네. 저도 하루토 씨와 이야기하고 싶었어요⋯⋯."

미하루가 쭈뼛쭈뼛 고개를 끄덕였다.

"자, 드세요."

리오는 새 머그잔에 아이스티를 따라 미하루에게 건넸다.

"고맙습니다⋯⋯. 맛있어요."

미하루는 막 씻고 나와 목이 말랐는지 바로 머그잔에 입을 대고 기쁘게 웃었다. 리오는 미하루의 머그잔에 아이스티를 또 따라주고 말을 걸었다.

"내일 장보러 안 갈래요?"

"장⋯⋯이요?"

미하루가 멍하니 고개를 갸웃거렸다.

"네. 일용품을 사는 게 좋지 않을까 싶어서요. 그, 계속 교복을 입고 있을 수는 없잖아요⋯⋯."

리오가 조금 어려워하며 말하자 미하루가 어색하게 고

개를 끄덕였다.

"그렇, 죠. 아……. 여, 역시 냄새 나나요?! 그, 따, 땀 냄새라든가."

그러더니 놀란 표정을 짓고 부끄러워하며 물었다.

생각해보니 요리할 때와 식사할 때 등, 계속 이런 차림으로 리오 옆에 있었다. 오늘은 계속 교복을 입고 돌아다닌지라 어쩌면 땀 냄새가 배었을지도 모른다는 생각에 급히 교복 냄새를 맡아봤다.

"아, 아뇨! 엄청 좋은 냄새예요! 계속 맡고 싶을 정도로."

리오가 당황해서 고개를 저었다. 부정하려고 허둥댄 나머지, 이상한 뜻으로 받아들일 수 있는 말까지 해버렸다.

"네……? 아, 저기, 고, 고마……워요?"

미하루는 약간 당황했지만, 리오의 말뜻을 고지식하게 선의로 해석했는지 고개를 갸웃거리며 고맙다고 했다.

"아, 이, 이상한 뜻으로 한 말은 아니에요! 이상한 냄새가 아니라는 건데. 죄송합니다!"

리오는 뒤늦게 오해할만한 말을 했음을 깨닫고 서둘러 정정했다.

"네, 네. 알아요. 저, 저야말로, 죄송해요."

리오가 머리를 숙이자 미하루도 미안해하며 꾸벅꾸벅 고개를 숙였다.

그 뒤로 분위기가 왠지 모르게 묘해져서 두 사람은 한동안 쑥스러운 표정을 지었다. 서로 시선을 피하고 어색해했다.

그렇게 서로에게 불편한 침묵이 몇 초 흐른 뒤였다.

"……그래서, 다 같이 이동하면 일이 좀 커지니 내일은 일단 미하루 씨를 대표로 도시에 데려가도 될까요? 다른 두 사람은 집을 지키게 됩니다만……."

리오가 조금 상기된 목소리로 어긋난 화제를 되돌렸다.

"네, 네. 괜찮아요."

미하루가 꾸벅꾸벅 고개를 끄덕였다. 말도 안 통하는 세 사람이 줄줄이 도시에 가봤자 리오의 부담만 커질 것을 알기 때문이었다.

"그럼 아침 먹고 오전 중에 갈 테니 필요한 물건을 적어 주세요. 돈은 걱정할 거 없으니 필요하다 싶은 물건은 전부요."

리오는 미하루가 사양하지 않고 이야기를 마무리할 수 있게 했다.

하지만 미하루는 미안해하며 얼굴에 그림자를 드리웠다.

"저기, 저희, 돈이 될 만한 물건은 없지만, 이렇게 신세 진 은혜는 언젠가 반드시 갚을 테니 잘 부탁드려요. 잡일 이라든가 제가 할 수 있는 일은 뭐든 할 테니 말해주세요."

그러더니 리오에게 깊이 머리를 숙였다.

"아뇨, 그렇게 고마워할 필요는 없는데요……."

리오는 난감한 얼굴로 머리를 긁적였다. 입장을 바꿔서 생각하면 미하루의 마음도 충분히 이해되지만, 심경이 복잡했다.

"그럴 수는 없어요."

미하루가 딱 잘라 고개를 저었다. 무척 예의바르고 성실한 성격인가보다.

"……알겠습니다. 그럼 어느 정도 가사를 맡길 테니 노동력으로 대신해주세요. 일한 만큼 급료도 지불하겠습니다."

"정말 고맙습니다. 열심히 할게요."

리오가 쓴웃음 지으며 고개를 끄덕였지만, 미하루는 그래도 미안한 표정이었다.

"네, 부탁해요. 그리고 미하루 씨에게 주고 싶은 게 있어요. 여기요……."

리오가 그렇게 말하고 금화가 든 묵직한 작은 꾸러미를 꺼냈다.

"저기…… 이건?"

꾸러미 틈으로 반짝이는 금화를 보고 미하루가 머뭇머뭇 물었다.

"미하루 씨와 아이들을 납치하려고 한 노예상인이 준 위자료입니다."

"이건, 금화죠? 무척 값진 물건 아니에요……?"

"뭐, 나름대로요. 하지만 미하루 씨와 아이들의 인생이 망가질 뻔 했어요. 위자료로 결코 많은 양은 아닙니다. 가져도 그다지 기쁘지 않을 돈일지도 모르지만, 만약을 위해 모아두세요."

리오는 미하루를 타이르듯이 천천히 말했다.

"……하루토 씨가 이 돈을 받아주시겠어요? 저희는 도움을 받았으니 받을 수 없어요."

미하루가 잠시 생각하더니 큰돈에 조금의 미련도 느끼지 않으며 말했다.

"아뇨, 아뇨. 위자료니까 피해자가 받아야죠. 그런 겁니다."

리오는 조금 당황해서 고개를 저었다.

"하지만 하루토 씨에게 도움만 받았고 저희가 갖고 있어도 당장 쓸 수도 없으니…… 하루토 씨가 받아주셨으면 좋겠어요."

미하루가 주장했다. 아무래도 받을 물건을 받는 것이 아니라 제대로 절차를 따르고 싶은 모양이었다. 좀처럼 굽히지 않을 의지가 전해졌다.

"……그럼 내일 장볼 때랑 앞으로 미하루 씨와 아이들에게 필요한 생활용품을 살 때 이 돈을 쓰기로 해요."

사실은 리오가 융통할 셈이었지만, 리오는 타협점을 제안해봤다.

"하지만 그러면 역시나 저희 돈이 되는 거 아니에요……?"

"그거면 됩니다. 이 돈은 미하루 씨와 아이들이 받아야 할 위자료니까요."

리오가 단언했다.

"……정말, 괜찮아요?"

미하루가 자신 없게 물었다.

"괜찮아요."

리오가 살짝 장난치듯이 말했다.

"네. 고마워요, 하루토 씨."

그러자 미하루가 눈을 동그랗게 뜨더니 키득 웃고, 리오에게 오늘 몇 번째일지 모를 감사인사를 했다.

【 제 5 장 】 ✦ 이런 세계에서 만난 너는?

그리고 다음 날, 아침.

천장 부근에 있는 작은 하늘 창으로 아침햇살이 내리쬐자 리오는 자기 방 침대에서 살며시 잠이 깼다. 살짝 눈을 뜨니 천장이 보였다.

엘더드워프 도미니크가 리오를 위해 만든 특제 침대는 홀로 자기에는 많이 컸지만, 잠자리가 더 없이 쾌적했다.

조금 예상 못한 사태가 벌어졌지만, 어젯밤에도 푹 자서 오늘도 기분 좋게 잠에서 깰 수 있었다.

'미하루 씨 일행이 있어. 아침밥을 만들어야……'

리오는 흐리멍덩한 머리로 생각하고 흐느적거리는 손놀림으로 모포와 겉 이불을 젖히려고 했다.

'……응?'

말랑, 부드러운 감촉이 손으로 전해졌다. 모포나 겉 이불은 절대 아니었다. 침대 매트리스도 아니었다. 희미한 탄력과 탱탱함이 있었다.

그렇다. 딱 손바닥으로 잡을 수 있을 크기에 기분 좋을 정도로 따뜻했다. 리오가 더 정확한 감촉을 확인하려고 손을 움직이자 아주 훌륭한 반응이 전달됐다.

'……뭐지?'

리오는 흐리멍덩한 머리로 멍하니 의아해했다. 이상하

다 싶어 절묘하게 힘을 조절해 부드럽게 손을 움직여봤다.

"응……."

그러자 이번에는 조금 간드러지는 여자의 한숨소리가 들린 것 같았다.

게다가 스치는 소리도. 리오는 부드러운 물체에서 손을 떼고 천장을 보며 쭈뼛쭈뼛 겉 이불과 모포를 슬쩍 젖혀봤다.

그러니 바로 옆에서 평온하게 새근거리는 숨소리가 들리는 것이 아닌가.

리오는 고개를 끼기긱 옆으로 돌렸다. 그곳에는 푹 잠든 낯선 미소녀가 있었다. 나이는 10대 중반 정도로 리오 또래로 보였다.

분홍색 긴 머리카락을 가진 미소녀였다. 아니, 분홍색 긴 머리카락을 가진 엄청난 미소녀였다.

다만, 실존감이 엳다고 할까, 투명감이 강하다고 할까, 신비롭고 어딘가 인조적인 느낌이 드는 공허함이 있었다.

"으응……."

소녀는 겉 이불과 모포 속에서 꾸물꾸물 움직여 리오의 실내복 자락을 꼭 잡았다. 그리고 리오에게 얼굴을 바싹 붙였다. 소녀의 숨결이 리오의 귓가를 스쳤다.

리오의 사고가 단번에 깨어났다. 아니, 단번에 정지했다.

"……."

리오는 멍하니 코앞에 있는 낯선 소녀의 얼굴을 쳐다보고 도로 천장을 봤다가 힘을 빼고 다시 침대에 체중을 실었다. 그리고 눈을 감았다.

'이건 꿈이야. 나는 아직 자고 있는 거야. 그런 게 틀림없어.'

리오는 자기암시를 걸고 현실도피를 했다. 아무리 푹 잤다고 해도 낯선 사람의 기척을 느꼈으면 잠이 깼을 것이다. 아니, 애초에 집을 중심으로 설치한 침입자 탐지 결계가 발동하지 않았다. 그렇다면 꿈이 틀림없었다.

리오는 연달아 그렇게 생각하고 눈을 더 세게 감았다.

그러나 의식은 희미하게 깨어있었다. 리오는 느긋하게 1분 정도 지나자 번쩍 눈을 뜨고 있는 힘껏 모포와 겉 이불을 전부 젖혀봤다.

그곳에는 정말 있을 수 없는 광경이 펼쳐져 있었다. 눈처럼 흰 피부, 무척 균형이 잘 잡힌 여성스러운 매끈한 몸매, 부드러워 보이는 봉긋한 가슴.

즉, 분홍색 긴 머리카락을 가진 엄청난 전라의 미소녀가 있었다.

"으아아아아아아아아악?!"

리오는 깜짝 놀라 엄청난 비명을 질렀다. 일어나보니 알몸의 여성이 옆에서 자고 있다니 이런 경험은 두 번의 인생 동안 한 번도 겪어본 적이 없었다.

그러자 리오의 큰소리에 잠이 깼는지 분홍색 머리카락의 미소녀가 나른하게 몸을 일으켰다. 그리고 다리를 모아 앉아 흐리멍덩한 눈빛으로 리오를 쳐다봤는데 일련의 동작이 은근 요염해서 리오는 자기도 모르게 눈을 돌렸다.

'내, 내가 왜 아무것도 안 걸친 여자애랑 자고 있지?!'

리오는 마음속으로 소리 질렀다.

얼굴은 뜨거운데 온몸에 식은땀이 흘렀다. 시선을 조금만 옆으로 돌리면 소녀의 헐벗은 몸이 보일 것 같아 제정신이 아니었다.

"무, 무슨 일이에요? 하루토 씨!"

그때, 미하루가 마음을 다 잡고 리오의 침실을 들여다보며 물었다.

도미니크가 만들어서 침실 방음은 완벽했으나 리오는 주변 소리를 듣기 위해 일부러 문을 열고 자버릇 했다. 그래서 거실에까지 리오의 비명이 울려 퍼졌다.

미하루는 미하루 대로 리오에게 신세만 지면 안 되겠다는 생각에 눈치 있게 누구보다 일찍 일어나 홀로 아침식사 준비를 하고 있었다.

"……어? 아, 그게, 어어……."

미하루는 넓은 침대 위에 바짝 붙어 앉은 리오와 헐벗은 소녀를 발견하고 당황해서 허둥거렸다. 뭐라 변명하려는데 뺨이 점점 붉어졌다.

리오는 황급히 소녀의 몸을 모포로 덮었지만, 이미 늦었다. 미하루의 눈과 뇌에 그 광경이 또렷하게 새겨지고 말았다. 미하루는 어찌할 바를 모르고 눈물을 글썽였다.

무리도 아니었다. 자기들을 위기에서 구해준 온후하고

성실한 은인이, 그들이 모르는 사이에 헐벗은 미소녀를 데리고 하룻밤을 함께했다. 리오는 그런 짓을 하지 않았지만, 상황적으로 그런 짓을 했다고밖에 보이지 않았다.

"자, 잠깐, 아니에요! 미─ 미하루 씨! 오해예요, 이건……!"

리오는 황급히 해명하려고 했지만, 당장 말이 잘 나오지 않았다. 상황을 부정하자니 뭐라 설명해야 할지 몰랐다.

"웃?!"

그러자 분홍색 머리카락 소녀가 이상하다는 듯이 고개를 갸웃거리고 미하루를 빤히 쳐다보며 천천히 리오에게 달라붙었다. 소녀를 감싼 모포가 사르르 벗겨져서 리오는 몸을 움찔거렸다. 미하루의 얼굴도 최고조로 붉게 물들었다.

"죄, 죄송해요! 함부로 방을 들여다보다니, 아무것도 못 봤어요! 그, 그럼, 아얏!"

미하루가 세차게 고개를 숙이고 180도 돌아 물러나려고 했다. 하지만 서두르느라 문틀에 몸을 세게 부딪혀버렸다.

"괘, 괜찮아요?!"

리오가 황급히 미하루에게 말을 걸었다.

"괜찮아요. 으으…… 미안해요, 미안해요. 제가 둔해서……."

미하루 휘청거리면서도 꾸벅꾸벅 고개를 숙이더니 꽤 부끄러운지 새빨개진 얼굴로 이번에야말로 물러났다. 방에는 리오와 분홍색 머리카락 소녀만 남았다.

리오는 당장 미하루를 따라가고 싶었지만, 툭 고개를 떨궜다.

"……음, 너는 누구야? 이게 무슨 상황인지 설명해줄 수 있어?"

그리고 자기 옆에 달라붙는 소녀의 몸에 모포를 둘러주고 물었다. 이대로 소녀를 방치할 수는 없어서 먼저 상황을 정리하기로 했다.

"나는 하루토와 계약한 정령이야."

소녀가 이상하다는 듯이 고개를 갸웃거리고 맑고 아름다운 목소리로 대답했다.

"정령……이라니, 그렇구나. 계약정령. 네가……."

리오는 소녀의 말에 갑자기 냉정해졌다.

놀라서 그녀의 얼굴을 쳐다봤다. 거룩할 정도로 아름다운 외모였다. 하지만 어딘가 인조적이라고 할까, 무기질적이고 공허한 인상을 주는 아름다움이었다. 리오가 슈트랄 지방으로 돌아오기 전에 정령의 주민이 사는 마을에서 만나고 온 드뤼어스의 분위기와 비슷했다. 하지만 드뤼어스가 눈앞에 있는 소녀보다 더 표정과 감정이 풍부했다.

리오는 눈앞에 있는 소녀가 자신의 계약정령이 맞을 것이라 생각했다. 상황적으로도 납득이 되고 소녀에게는 정령 특유의 희미한 생명감도 있었다.

"……여러모로 묻고 싶은 게 있는데, 넌 누구야? 어떻게 나와 계약했어? 미하루 씨 일행을 도우라고 지시한 것도 너지?"

리오는 여러 가지를 물었다. 자신의 계약정령인 그녀가 누구이고 무엇을 어디까지 아는지─ 확인해봐야 했다. 아니, 계속 확인해보고 싶었다.

"몰라."

하지만 소녀는 난처한지 천천히 고개를 젓고 짧게 대답했다.

리오는 허탕을 쳤다.

"모, 모른다니⋯⋯. 아망드에서 내게 남동쪽으로 가라고 안 했어? 내가 어렸을 때도 정령술을 다루는 방법을 가르쳐줬잖아. 그렇지?"

그래도 다시 기운을 차리고 되물었다.

"몰라."

그러나 소녀는 무표정하나 쓸쓸한 목소리로 대답할 뿐이었다. 그리고 손을 뻗어 리오의 손을 잡았다.

"따뜻해."라고 중얼거리는 소리가 리오의 귀에 들린 것 같았다. 하지만 소녀는 입을 움직이지 않고 왠지 모르게 안심한 표정을 지었다.

리오는 어째선지 기세가 완전히 무너졌다.

"음, 그럼 이름만이라도 가르쳐줄래?"

리오는 한숨을 내쉬며 물었다.

"이름도 몰라."

소녀는 슬픈지 흔들리는 눈으로 대답했다.

"이, 이름도 모르는구나. 어, 그럼 어떤 걸 알아?"

리오가 곤혹스러워하며 물었다.

"나는 하루토의 곁에 있어. 그러니까 이름을 원해."

소녀가 말했다.

"……내 곁에 있다, 라."

리오는 울적하게 얼굴에 그림자를 드리웠다.

"안 돼?"

소녀가 불안하게 리오의 얼굴을 들여다봤다.

"안…… 되지는 않지만, 왜 나야?"

리오가 당황하며 되물었다.

"나는 하루토를 위해 존재하니까."

소녀가 뻔뻔하게 직구를 날렸다. 참 떳떳하다고 할까, 소녀는 그러려던 건 아니었겠지만, 마치 고백처럼 들렸다.

"……하하. 그래."

리오는 눈을 동그랗게 뜨더니 무심코 우스워서 웃음을 흘렸다.

어째서일까, 소녀의 동행을 인정하는 것 자체는 신기하게도 아무런 저항감이 들지 않았다. 그녀가 자신의 계약정령이기 때문일까? 리오는 그런 생각이 들었지만, 알 수 없었다. 다만–.

"그럼 어쩔 수…… 없나? 네 이름도 생각해야겠네."

리오는 일단 소녀를 받아들일 뜻을 내비쳤다.

"응."

소녀는 덧없는 미소를 지으며 고개를 끄덕였다.

"……이름 이야기가 나와서 말인데, 넌 내 이름을 알지?"

리오는 순간, 소녀의 미소에 빨려 들어갈 뻔하며 물었다.

정신적으로 침착해지고 깨달았는데, 소녀는 조금 전부터 리오를 『하루토』라고 불렀다.

"그야 하루토는 하루토잖아?"

그러나 소녀는 이상하다는 듯이 물었다.

허당끼가 있나, 참 의미심장하게 들리는 말이었다.

"아니, 그렇긴 한데 그게 아니라……. 내 다른 이름은 알아?"

리오는 난감한 표정으로 머리를 긁적이고 살피듯이 물었다.

"알아. 리오."

소녀가 바로 대답했다.

"그건 아는구나. ……참고로 내 과거는 어디까지 알아?"

리오가 입가에 손을 대고 생각하다 새로 물었다.

"하루토에 대한 거라면 뭐든 알아."

돌아온 대답은 상상 이상이라고 할까, 리오는 자기도 모르게 당황했다.

"뭐, 뭐든 안다는 건, 그…… 아마카와 하루토에 대해서, 말이야?"

"하루토가 지금의 하루토가 되기 전의 하루토에 대해서?"

소녀의 대답은 철학적이었지만, 리오가 알고 싶은 것을 이해하기에는 충분했다.

"······아는구나."

리오는 무심코 머리를 싸안을 뻔 했다. 모처럼 미하루 일행에게 전생을 숨기기로 정했는데 전생을 아는 인물이 나타나버릴 줄이야. 아니, 하지만 냉정히 생각하면 말이 통하지 않으니 괜찮나.

"걱정 마. 미하루네한테 말 안 해."

이러저러한 생각을 하는데 소녀가 천천히 고개를 저으며 말했다.

"그건······ 아니, 그래. 고마워."

리오는 무심코 뭔가 물으려다 망설인 뒤, 쓴웃음 지으며 고맙다고 했다. 너무 깊이 파고들어서 긁어 부스럼을 만들고 싶지 않은 화제였고, 소녀가 선수 치고 말해서 빚이 생긴 것 같았다.

그러니 정말 필요한 질문만 하기로 했다.

"일단 물어보고 싶은데, 왜 그런 걸 아는지 알아?"

마지막으로 물었다.

"몰라. 알고 있어서?"

소녀는 여전히 무표정으로 이상하다는 듯이 고개를 갸웃거리고 가로저었다.

리오가 소녀를 가만히 쳐다보니 소녀도 리오를 가만히 쳐다봤다. 얼마나 마주봤을까, 리오가 먼저 눈을 뗐다.

"……네 이름, 정말 내가 지어줘도 돼? 자기 이름이니 네가 붙이는 게 나을 것 같은데."

"하루토가 지어준 이름이 좋아."

리오가 탄식하며 묻자 소녀가 곧바로 요청했다.

"음, 그럼 잠깐 생각할 시간을 줄래?"

리오가 난감한 표정으로 물었다. 갑자기 이름을 정해달 란다고 금방 떠오를 리 만무했고 쉽게 정해서는 안 된다는 생각이 들었다.

"응."

소녀가 꾸벅 고개를 끄덕였다.

'아무튼 나쁜 아이는 아닌 것 같아. 그럼 앞으로 해야 할 일은…….'

리오는 일단 묻고 싶었던 것을 물어보고 지금 상황을 정 리했다.

"미하루 씨의 오해를 빨리 풀고 싶은데 같이 가줄래? 아, 그 전에 옷을 어떻게 해야겠네……."

미하루의 오해를 풀러가려는데 모포 아래 가려진 소녀 의 몸이 헐벗었다는 것이 떠올라 어찌할 바를 몰랐다. 그 러자 조금 전에 만진 뭔가의 감촉과 보고만 아름다운 몸이 억지로 머릿속에 떠올라 세차게 고개를 저었다.

"옷…… 이거면 돼?"

리오가 그러는 사이, 소녀가 중얼거렸다. 순간 모포 안 쪽에서 빛이 흘러나오더니 천천히 모포를 벗었다.

"악, 자, 잠깐, 잠깐만! 어, 어?"

리오는 소녀의 대담한 행동에 서둘러 눈을 돌렸으나 나신 외의 색이 보여 쭈뼛쭈뼛 힐끗 봤다. 그곳에는 심플한 원피스를 입은 소녀가 있었다.

"어, 어떻게?"

무척 귀여워서 리오는 자기도 모르게 넋을 잃을 뻔 했으나 의문이 먼저였다.

"오드랑 마나로 만들었어."

소녀가 천연덕스럽게 대답했다.

"아아, 아까 흘러나온 빛은 정령술……. 아니, 그런데 그런 게 가능해?"

리오는 반은 납득해서 고개를 끄덕였고 남은 반은 의문으로 고개를 갸웃거렸다.

오드와 마나로 옷을 만들다니, 과연 그런 일이 가능한가 싶었다. 하지만 지금 해결해야 하는 문제는 따로 있었다.

"별 상관없나. 가자. 말……은 안 통할 거라 내가 설명할 테니 옆에 있어줘."

한숨을 쉬고 말한 리오가 침대에서 일어났다. 막 일어났는데 벌써 지쳤다.

『말이라면 통해.』

피로를 느끼는 와중에 소녀가 태연하게 말했다. 둘은 아까까지 슈트랄 지방 공용어로 대화했는데 소녀가 지금 사용한 언어는 일본어였다.

『일본어도 할 수 있어? 아니, 내 전생을 알아서…… 아나?』

『하루토가 할 수 있는 말은 전부 해.』

『……그래. 그럼 일단 가자. 아무튼 설명은 주로 내가 할게. 미하루 씨가 뭔가 묻거든 증언해주면 고맙겠어.』

리오는 더 이상 놀라지 않았다. 그런 것이려니 하기로 했다.

『응.』

소녀가 고개를 끄덕이자 리오는 침대에서 내려왔다.

소녀도 뒤늦게 침대에서 내려오자 리오는 침실 문을 열었다. 그리고 무거운 발걸음으로 미하루가 있을 거실로 향했다.

◇ ◇ ◇

리오는 소녀를 데리고 드디어 거실에 발을 디뎠다. 미하루는 주방에 있는 모양이었다. 리오와 소녀가 침실에서 나온 것을 알았는지 살금살금 부끄러워하며 요리에 집중했다. 아키와 마사토는 아직 자는 것 같았다.

"저, 안녕하세요, 미하루 씨."

리오는 마음을 다잡고 미하루에게 다가가 은근히 큰 목소리로 말을 걸었다.

"아, 아, 안녕하세요, 하루토 씨! 어, 지금, 아침 준비 중이니까 조금만 기다려주실래요?"

미하루는 리오와 눈을 마주치지 않고 연달아 대답했다. 얼굴이 아직 붉어서 허둥지둥하고 있다는 게 빤히 보였다.

조금 전에는 리오도 동요해서 눈치 채지 못했는데, 교복에 앞치마를 걸친 모습이 가정적이며 잘 어울렸고 정말 귀여웠다.

"잠깐 이야기 좀 들어주시면 안 될까요? 제 뒤에 있는 사람에 대해서요."

리오는 자기도 모르게 넋 놓고 볼 뻔했다가 자기 뒤에 있는 정령 소녀를 보며 미하루에게 말을 꺼냈다.

"아, 네. 뭐, 뭔가요?"

미하루는 그제야 겨우 소녀의 얼굴을 봤다. 조금 전에는 나체가 인상이 너무 강해서 알아차리지 못했는데 소녀의 아름다운 외모에 자기도 모르게 눈이 커졌다.

순간, 물을 끼얹은 것처럼 정적이 흘렀다.

"갑작스러운 일에 놀랐을 수도 있는데, 일단 사실부터 말하겠습니다. 이 세계에는 정령이라는 고결한 생명체가 있는데, 실은 이 사람이 그 정령으로……."

리오는 작게 심호흡을 하고 입을 열었다. 이 부분은 제대로 설명해야 했다.

"정령……이요? 이 아이가요?"

미하루는 소녀의 얼굴을 살펴봤다. 정령이라는 용어의 의미는 미하루도 어렴풋이 알았다. 하지만 소녀의 용모는 아무리 봐도 사람 같았다. 아니, 확실히 사람 같지 않은 아름다움을 자랑했지만.

"……미하루."

미하루와 눈이 마주치자 소녀가 미하루의 이름을 중얼거렸다.

"아, 네. 아야세 미하루예요. 음, 당신의 이름은요?"

미하루는 조금 놀랐는지 자기소개를 하고 소녀의 이름을 물었다.

"난 이름이 없어."

소녀가 슬프게 고개를 저었다. 그리고 자기 이름이 있는 미하루를 부럽게 쳐다봤다.

"어…… 이, 이름이 없어요?"

미하루는 리오를 보고 당황해서 물었다.

"네. 정령이라서…… 그런지는 모르겠는데, 저 아이는 이름이 없어요. 저도 저 아이에 대해 거의 아무것도 몰라요."

"네? 아, 음, 그래, 요?"

미하루는 이야기 흐름이 파악이 안 되는지 당황해서 고개를 갸웃거렸다.

"네. 저 아이는 모르는 사이에 저와 계약했는데 조금 전까지만 해도 제 안에 잠들어 있었습니다. 얼굴을 마주하고 만난 적도, 이야기를 나눈 적도 없었죠. 그런데 오늘 아침에 갑자기 밖으로 나와서, 그, 제 침대에 파고든 거죠. 소리를 지른 건, 일어나니까 낯선 사람이 있어서……. 매, 맹세코 수상한 짓은 하지 않았습니다!"

리오는 열심히 미하루에게 호소하고 힘차게 고개를 숙였다.

"머, 머리 숙일 필요 없어요! 대충 무슨 말인지 이해했어요! 오히려, 제, 제가 함부로 방 안을 들여다봐서, 정말 면목 없어요! 미안해요!"

미하루는 손짓발짓하며 허둥지둥 리오를 말리고 오히려 사과했다.

"믿어……주는 거예요?"

리오가 쭈뼛쭈뼛 머리를 들고 미하루의 얼굴을 들여다봤다. 솔직히 이렇게 쉽게 믿어줄 줄은 몰랐다. 불결하다고 미움 받을 각오도 했다.

"네, 네. 하루토 씨는 이유도 없이 거짓말할 사람이 아니라고 생각해요."

미하루가 자세를 바로하고 고개를 끄덕였다. 그리고 조금 부끄러워했다.

"고, 고맙습니다……."

긴장이 풀린 리오가 안심하고 고맙다고 했다.

"이제 됐어?"

그러자 정령 소녀가 고개를 갸웃거리며 리오와 미하루에게 말을 걸었다.

"응. 고마워."

리오가 기쁘게 미소 지으며 소녀에게 고맙다고 했다.

"그러고 보니 이 아이, 일본어를 하네요?"

미하루가 소녀의 얼굴을 보며 관심을 보이며 물었다.

"네. 정령이라 이 세계에서 나고 자랐을 텐데, 제가 할 수 있는 언어는 할 수 있는 모양이에요……."

"저, 정령이란 대단하네요……. 그리고 정말 아름다워요. 겉보기에는 저희 같은 사람으로 보이는데 확실히 사람이 아닌 분위기가 감도는 것 같아요."

리오가 당황해서 대답하자 미하루가 감탄하며 눈을 크게 떴다. 그리고 소녀의 미모에 넋을 잃고 찬찬히 쳐다보며 말했다.

"미하루도 아름다워."

갑자기 소녀가 말했다.

"응? 나, 나? 난 아니야."

미하루가 눈을 동그랗게 뜨고 허둥지둥 부정했다.

"……아뇨, 아름답다고 생각해요. 미하루 씨."

리오가 쭈뼛거리며 말했다.

"아, 어, 하, 하루토 씨까지. ……아, 그, 그렇지! 아침밥을 만들어야 해요!"

미하루는 뭐라 받아쳐야할지 모르고 새빨개진 얼굴로 허둥지둥 주방으로 도망쳤다.

"오─ 하루토 형. 안녕……."

마사토가 졸음 가득한 눈으로 거실로 나왔다가 리오 옆에 있는 정령 소녀를 보고 놀라 몸을 굳혔다.

"안녕, 마사토."

"……."

리오가 쓴웃음 지으며 마사토에게 아침 인사를 했다. 마사토는 선 채로 얼어붙어 소녀의 얼굴에 시선을 빼앗겼다.

"야, 마사토. 왜 서 있어, 방해되잖아…… 아, 진짜!"

아키도 일어나 통로를 막은 마사토의 뒤에서 말을 걸었다. 마사토가 전혀 움직일 기미가 없자 안달이 나서 옆구리를 꾹꾹 밀어 거실로 나왔다.

"아, 안녕하세요, 하루토…… 씨."

거실에 있는 리오를 보고 예의바르게 인사하려던 아키는 리오 옆에 서 있는 소녀를 보고 마사토처럼 선 채로 굳어버렸다.

"안녕, 아키."

"아, 안녕하세요."

리오가 쓴웃음 지으며 말을 걸자 아키가 쭈뼛쭈뼛 대답했다. 마사토보다는 냉정함을 지킨 모양이었다.

"이 아이를 두 사람에 소개하고 싶은데 일단 앉을래?"

리오는 일단 아키와 마사토에게도 사정을 설명하기로 했다.

그 뒤, 리오는 간단하게 사정을 설명하고 아키와 마사토에게 정령 소녀를 소개했다.

"—그렇게 됐는데, 마사토, 내가 하는 말 들었어?"

리오가 쓴웃음 지으며 마사토에게 물었다. 마사토는 리오가 설명하는 동안에도 넋이 나가 소녀를 쳐다보고 있었다.

"으, 응. 들었어. 하루토 형이랑 계약한 정령 누나잖아?"

마사토가 정령 소녀의 얼굴을 힐끗 보며 상기된 목소리로 말하고 고개를 끄덕였다.

"그럼 됐어……."

이렇게 당황하는데 앞으로 같이 살아도 괜찮을까— 리오는 쓴웃음 지으며 고개를 갸웃거렸다.

"신경 쓰지 마세요. 얘는 자기보다 연상인 귀엽고 예쁜 사람만 보면 매번 첫눈에 반한다니까요? 이번에는 평소보다 중증인 것 같지만, 조만간 익숙해져서 평소처럼 굴 테니 두고 봐주세요."

아키가 옆에 앉은 마사토를 보며 어이없어하는 표정으로 리오에게 설명했다.

"아하하."

"뭐? 아, 아니거든!"

리오가 재미있다는 듯이 웃자 마사토가 부끄러워하며 얼굴을 붉히고 부정했다.

"거짓말. 미하루 언니랑 처음 만났을 때도 엄청 긴장했었잖아. 오빠도 그렇지만, 너는 그 이상으로 노골적이었거든?"

"악— 악— 악—!"

아키가 곧바로 반박하자 마사토가 아키 목소리가 안 들린다는 듯이 악을 썼다.

"둘 다 아침부터 왜 이렇게 신났어? 아침 다 됐어."

미하루가 주방에서 나왔다. 그리고 다 만든 요리를 주방 카운터에서 식탁으로 옮겼다.

"아침 준비를 떠맡겨서 죄송해요, 미하루 씨. 옮기는 거 돕겠습니다."

리오가 미안해하며 얼른 음식 나르는 걸 도우려고 발을 뗐다.

"아뇨, 하다못해 집안일은 맡겨두세요."

미하루가 웃으며 고개를 저었다.

"……고맙습니다. 맛있어 보여요."

리오가 웃으며 식탁에 올라온 음식을 쳐다봤다. 식탁에는 균형이 잘 잡힌 일식 메뉴가 올라와있었다.

"입에 맞을지 모르겠는데 같이 먹어요. 어…… 정령 아이 몫도 만들었는데, 밥 먹을 수 있죠?"

미하루가 정령 소녀를 보며 물었다. 생긴 건 인간과 똑같은데, 생각해보니 애초에 정령이 식사를 하는지 궁금했다.

"응. 밥, 먹을래."

소녀가 천천히 다가와 꾸벅 고개를 끄덕였다.

"잘됐다. 그럼 같이 먹자. 자."

미하루가 소녀의 손을 잡고 식탁으로 데려왔다.

리오는 흐뭇하게 두 사람을 바라봤다. 머리카락 색은 전혀 달랐지만, 왠지 자매처럼 보였다. 그럴 경우에는 미하루가 언니일까.

다섯 명은 자리에 앉아 같이 아침을 먹기 시작했다.

"그건 그렇고 이 아이의 이름이 없으니 불편하네요. 뭐 생각해둔 거 있어요?"

식사 중, 미하루가 옆에 앉은 소녀를 보며 리오에게 물었다.

"실은 이름을 붙여달라고 부탁 받았는데 좋은 이름이 생각이 안 나서 난감해요. 미하루 씨는 뭐 좋은 아이디어 있어요?"

리오가 쓴웃음 지으며 미하루에게 도움을 요청했다.

"으음. 갑자기 생각하려니…… 어렵네요. 너는 어떤 이름이 좋아?"

미하루가 심각한 얼굴로 진지하게 생각해봤지만, 즉흥적으로는 좋은 이름이 떠오르지 않는지 당사자에게 물어봤다.

"하루토가 붙여주는 이름이라면 무엇이든."

"아하하, 사랑받네요, 하루토 씨."

소녀의 대답에 미하루는 쓴웃음 지었다.

"부럽다, 하루토 형."

마사토가 중얼거렸다.

"방향을 정해서 생각해보는 게 좋지 않을까요? 좋아하

는 게 있으면 그쪽으로 뭔가 떠오를 수도 있잖아요."

아키가 옆에 앉은 마사토의 말을 무시하고 정령 소녀에게 물었다.

"하루토가 좋아하거나 소중히 여기는 것."

정령 소녀가 짧게 대답했다.

"아하하, 그렇구나. 그럼 아예 하루토 씨의 이름에서 따와서 짓는 것도 좋을 것 같아요."

아키가 자기도 모르게 쓴웃음 지으며 말했다.

'……내가 좋아하거나 소중히 여기는 것.'

리오는 머리를 굴리며 힐끗 미하루를 봤다.

"……?"

미하루는 리오가 자기를 본 것을 느꼈는지 의아해하며 고개를 갸웃거렸다.

'제일 먼저 미하루 씨를 떠올리다니, 나도 참 어디까지 미련할 셈이지.'

리오는 쓴웃음 짓고 어째선지 떳떳하지 못하게 시선을 피했다. 하지만 덕분에 한 이름이 떠올랐다.

"아이시아…… 이건 어때?"

리오는 자연스럽게 그 이름을 말했다. 아이시아란 정령의 주민의 옛말로 「따뜻한 봄」 혹은 「아름다운 봄」을 뜻하는 말이다. 너무 간단해보일 수도 있는데, 소녀의 머리카락이 벚꽃 꽃잎처럼 부드러운 분홍색이라 신기하게도 봄의 이미지와 딱 들어맞았다.

하지만 말하자마자 냉정히 생각해보니 「아름다운 봄」이라는 뜻은 그대로 미하루(美春)를 가리키고 있어서 무척 부끄러웠다.

"아이시아, 이게 좋아."

정령 소녀가 결연하게 말했다.

"……아니, 그거 말고도 다 같이 생각해서 후보를 몇 개 뽑아놓고 골라도 되는데."

리오가 내심 초조해하며 물었다.

"싫어. 아이시아가 좋아."

그러자 소녀— 아니, 아이시아가 딱 잘라 고개 저었다.

그녀는 눈을 뜬 뒤로 감정과 의지를 거의 내보이지 않았는데, 이때만은 확고한 의지를 보여서 리오가 눈을 살짝 크게 떴다.

"뭐, 네 마음에 든다면야."

리오는 단념하고 쓴웃음 지었다.

"아이시아, 아름다운 이름이네요. 무슨 뜻이에요?"

미하루가 이름을 음미하듯이 중얼거리고 리오에게 뜻을 물었다.

"음, 따뜻한 봄이라는 뜻이에요."

리오가 겸연쩍어하며 뜻을 가르쳐줬다. 다른 뜻은 숨기고.

"……아아. 하루토 씨의 하루(春)에서 따왔군요. 봄에서."

미하루가 납득했는지 뜻을 곱씹으며 추측했다.

"……네, 맞아요."

리오는 미하루에게서 도망치듯이 시선을 거두고 아이시아를 봤다. 당사자는 자기 이름에 담긴 뜻을 알 텐데, 어떻게 생각할까.

"미하루, 아키, 마사토, 잘 부탁해."

아이시아가 미하루 일행에게 꾸벅 머리를 숙였다. 정식으로 이름을 정했으니 다시 인사해야겠다 싶었나 보다.

"응, 잘 부탁해. 아이. 이렇게 불러도 돼?"

미하루가 아이시아의 의도를 바로 파악했는지 기뻐하며 대답했다.

"응, 돼."

아이시아가 마이페이스로 고개를 끄덕였다. 입가에 기쁜 미소를 띤 기분이 들었다. 그러자 아키와 마사토도 아이시아에게 말을 걸었다.

리오는 네 사람을 보며 흐뭇하게 웃었다. 하지만 앞으로의 일도 생각할 필요가 있었다.

'그다지 폐를 끼치고 싶지 않지만, 만약 허락해준다면 아이시아와 미하루 씨 일행을 마을로 데려가는 것도 고려해보는 게 좋을 것 같아. 미리 혼자 가서 허락 받을 필요가 있지만, 최소한 미하루 씨 일행이 서투르게라도 말하게 되면⋯⋯.'

리오는 머리 한구석으로 생각했다. 아이시아의 일도 그렇고, 미하루 일행의 일도 그렇고, 혹시 정령의 주민이라면 뭔가 알지도 몰랐다. 제대로 왕복하면 리오 혼자서 한 달 가까운 시간이 걸리는데, 아슬라에게 받은 전이결정 덕분에 편도 시간을 단축할 수 있었다. 그래도 꽤 수고해야 하지만, 고려할 가치가 있는 선택지였다.

'뭐, 일단은 오늘 장부터 봐야지. 내가 같이 있으면 사기 어려운 물건도 있을 테니 통역으로 아이시아도 같이 가자고 해야겠다. 나중에 부탁해야지.'

리오는 아이시아를 보며 오늘 장보기에 신경을 쏟았다.

【 제 6 장 】 ❋　장보기

　식후, 리오는 아이시아를 불러 집 밖으로 나가 둘만의
대화를 나누기로 했다. 날씨는 쾌청했고 상쾌한 바람이 초
원 풀을 흔들었다. 장보러가기 딱 좋은 날씨였다.

　리오는 가볍게 기지개를 켜서 몸을 풀고 용건을 꺼냈다.

　"아이시아는 정령술로 하늘을 날 수 있지? 잘하는 계통
은 있어?"

　리오가 물었다. 아이시아도 정령술의 시초라 할 수 있는
정령이니 당연히 정령술을 부릴 수 있을 터였다. 정령술은
일반적으로 술사와 정령마다 잘하는 계통이 있는데 숙련
된 술사와 격이 높은 정령은 서툰 계통도 일정 수준으로
정령술을 다룰 수 있기 때문에 리오는 아이시아가 하늘을
날 수 있으리라 생각했다.

　"응, 날 수 있어. 잘하는 계통은 하루토와 같아. 굳이 말
하면 전부."

　아이시아가 조용히 수긍했다.

　"……그래. 만능형은 거의 없다고 들었는데."

　그렇다. 만능형 술사와 정령은 희소한 존재였다. 하지만
자신이 그 예외적인 위치에 있기 때문인지 리오는 살짝 눈
을 크게 떴지만, 그렇게 놀라지는 않았다.

　"그러니까 나도 싸울 수 있어. 하루토를 지킬 수 있어.

하루토의 곁에 있을 수 있어."

아이시아가 갑자기 그런 말을 꺼냈다.

"아이시아……."

리오가 이번에는 눈을 동그랗게 뜨고 아이시아의 이름을 중얼거렸다.

"하루토가 필요하다면 언제든지 내게 기대도 돼. 그러니까 말해."

"……고마워. 어쩌면 앞으로 내가 집을 비울 지도 몰라. 그때는 아이시아에게 미하루 씨와 아이들의 호위를 맡겨도 될까? 물론 이 집에 있는 한, 대단한 일은 없을 거라 생각하지만."

리오는 아이시아의 말에 눈을 크게 뜨고 부드럽게 웃으며 부탁했다.

"알았어."

아이시아는 조용하지만 믿음직하게 수긍했다.

"그리고 오늘 장보러 갈 거야. 그때, 미하루 씨와 같이 가서 통역해줄 수 있어?"

"응, 좋아."

"……고마워, 잘 부탁해."

리오는 한층 편안한 미소를 지으며 아이시아에게 고맙다고 했다. 너무 순순하다고 할까, 너무 착해서 어쩐지 몹시 미안했다.

"할 말은 그것뿐?"

그러자 아이시아가 고개를 갸웃거리며 물었다.

"으음, 사실은 시험 삼아 하늘이라도 날아달라고 하려고 했어. 아이시아가 어느 정도 싸울 수 있는지 확인해도 될까? 확인이라고 해도 정령술을 화려하게 쓸 수는 없지만…… 접근전은 가능해?"

리오가 물었다. 인간형 정령인 아이시아의 전투력이 어느 정도 인지, 지금 나눈 대화로 흥미가 솟았다.

"가능해."

"그럼 가볍게 해볼까? 곧 장보러 가야 되니까 짧게."

"알았어."

"좋아. 그럼 이 돌이 땅에 떨어지면 전투개시야. 준비 됐어?"

리오가 그렇게 말하며 돌을 주워 아이시아와 15m 정도 거리를 뒀다.

"응."

아이시아가 짧게 고개를 끄덕였다.

리오는 그것을 확인하고 가볍게 돌을 던졌다. 돌이 포물선을 그리며 땅에 떨어졌다. 그 직후, 아이시아가 홀연히 모습을 감췄다. 아니, 아이시아는 순식간에 리오의 눈앞에 육박했다. 아이시아가 손을 뻗어 리오의 옷을 잡으려 했다.

'빨라?! 메치기인가……!'

리오는 놀라서 눈을 크게 뜨고 식은땀을 흘리며 반사적으로 손을 움직였다. 아이시아의 손을 받아넘기고 뒤로 물러섰다.

솔직히, 얕봤다. 리오는 무의식중에 아이시아를 비호할 대상이라 생각했나보다. 하지만 당사자인 아이시아가 리오의 무른 생각을 순식간에 날려버렸다. 마치 리오에게 자신의 힘을 증명하듯이.

아이시아는 과감하게 리오와 거리를 좁히고 시원하게 공격했다. 가끔 페인트를 섞으며 무시무시한 속도와 정밀함으로 주먹과 다리 공격을 쏟아 부었다. 한 방이라도 정통으로 맞으면 강화한 육체로도 기절할 위력이었다.

하지만 리오는 리오대로 모든 것을 훌륭히 처리했다.

'동작 마디마디에 묘한 기시감이 있어……. 아니, 내 기술을 베낀 건가?!'

리오는 아이시아의 근접 격투술이 자기 유파의 움직임과 일치함을 알아차렸다. 이유는 모르지만, 말처럼 수면학습인지 뭔지로 익혔을 수도 있었다.

잠시 리오가 아이시아의 공격을 처리하는 시간이 이어졌고, 아이시아가 갑자기 행동 패턴을 바꿨다. 일단 뒤로 물러나 리오와 거리를 두고 리오처럼 바람의 정령술로 움직임에 속도를 붙여 교란하듯이 주변을 달렸다.

리오는 작게 심호흡하고 체내의 오드를 대량으로 갈무리해서 신체강화 정도를 향상시켜 감각을 한층 더 예리하게 만들었다. 어느 순간, 아이시아가 리오에게 급접근했다. 리오의 예리해진 감각이 아이시아의 움직임을 간신히

포착했다.

그 순간, 아이시아가 리오에게 장권치기를 날렸다. 하지만 리오는 아이시아의 측면으로 돌아들어 장권치기를 받아넘겼다. 그와 동시에 다리후리기를 걸어 아이시아의 자세를 무너뜨리고 운동 에너지를 이용해 진행방향 쪽으로 내던져버렸다.

아무리 아이시아라도 눈을 동그랗게 떴다. 하지만 공중에서 빙글빙글 회전하며 깔끔하게 착지하더니 돌아서서 다시 움직이려고 했다.

"자, 잠깐만! 이제 됐어, 아이시아! 네 실력이 어느 정도인지 알았어!"

리오는 황급히 중단을 요구했다.

"……한 대도 못 맞췄어. 전부, 받아넘겼어."

아이시아가 우뚝 멈춰서 중얼거렸다.

"아니, 뭐, 아는 동작이었고, 내가 좀 더 나았……나?"

리오가 쓴웃음 지으며 대답했다. 아이시아에게 어느 만큼의 실전경험이 있는지는 모르지만, 적어도 요 몇 년 동안은 계속 자고 있었다. 아무리 정령이라도 조금 둔해지는 게 이상하지는 않았다.

"역시 하루토는 강해."

"아하하, 고마워. 늦으면 안 되니까 이제 안으로 들어가자."

리오와 아이시아는 집안으로 돌아갔다.

◇ ◇ ◇

그 뒤, 리오는 바로 아망드로 가기로 했다.

"그럼 다녀올게. 이 집 안에 있으면 안전하겠지만, 되도록 빨리 돌아올게. 절대로 집 밖으로 나가지 마."

리오가 집 보기를 맡은 아키와 마사토에게 말했다.

엄중히 문을 잠그고 바위 속에 틀어박혀 있으면 물리적으로 침입하기 어렵고, 이 집에는 정령의 주민이 사는 마을을 감싼 결계의 축소판이 걸려 있어서 대부분의 외적은 결계 영역에 들어오는 것조차 불가능했다. 어지간한 외적이 우연히 이 바위 집 근처를 지나가지 않는 한은 안전하리라. 이 부근은 인적이 없고 마물도 적은 초원지대라 그만한 존재가 지나갈 가능성은 한없이 적었다.

"응, 알았어. 미하루 누나를 잘 부탁해, 하루토 형."

"하루토 씨네야말로 조심하세요."

마사토와 아키가 제각각 배웅했다.

"얘들아, 점심은 식탁에 식어도 먹을 수 있는 걸 뒀으니까 된장국만 데워. 데우는 방법은 알지?"

미하루가 걱정스레 말했다.

"걱정 마. 여러 번 배웠잖아."

"미하루 누나, 벌써 몇 번째야? 괜찮으니까 빨리 갔다 와."

아키와 마사토가 과보호하는 미하루에게 쓴웃음 지으며 대답했다.

"가죠, 미하루 씨."

리오가 미하루를 재촉했다.

"네……. 그럼 다녀올게."

미하루는 미련이 남았지만, 수긍했다.

"근데 정말 오늘 안으로 돌아올 수 있어? 여기는 초원뿐이잖아. 생각보다 가까운 데에 도시가 있나?"

마사토가 이상하다는 듯이 물었다.

"그러고 보니 이동수단을 안 가르쳐줬네. 재미있는 걸 보여줄 테니까 둘 다 잠깐 밖으로 나올래?"

리오가 말하고 거실을 지나 현관으로 걸어갔다. 아이시아가 곧바로 리오를 따라가자 미하루 일행도 천천히 뒤를 쫓았다.

집 밖으로 나오자 장대한 초원이 펼쳐졌다.

"……역시 대단한 광경이에요."

미하루가 머나먼 지평선까지 펼쳐진 초원에 압도당해 중얼거렸다. 하루 지나 다시 보니 정말 다른 세계에 왔다는 실감이 스멀스멀 치솟았다. 아키와 마사토도 감탄했다.

"지금부터 더 대단한 광경을 볼 건데요?"

리오가 흐뭇하게 미소 지었다.

"지금부터, 요?"

쉽게 상상이 안 되는지 미하루가 머뭇거리며 고개를 갸웃거렸다.

"아이시아, 네가 얼마나 날 수 있는지도 확인하고 싶으니 보여줄래?"

리오는 미하루에게 대답하는 대신 묵묵히 서 있던 아이시아에게 부탁했다.

"알았어."

아이시아는 조용히 고개를 끄덕였다. 그리고 사뿐히 땅에서 발을 뗐다. 아이시아는 그대로 중력을 무시하고 가볍게 날아올랐다.

"엇? 어? 어?"

미하루 일행은 당황해서 날아오르는 아이시아를 멍하니 올려다봤다. 아이시아는 이미 높디높은 하늘로 올라가 엄청난 속도로 자유자재로 날아다녔다.

'모든 정령술을 쓸 수 있다고 듣긴 했지만, 역시 인간형 정령이야.'

리오는 감탄하며 아이시아를 응시했다.

"대박! 이것도 마술이야?!"

마사토가 제일 먼저 정신을 차리고 흥분해서 물었다.

"마술과는 다르지만, 지금은 비슷한 거라고 생각하면 돼. 이건 나중에 설명할게."

리오가 대충 대답했다. 제대로 설명하면 길어진다.

그러자 아이시아가 가볍게 낙하해 깔끔하게 착지했다.

"어때?"

그리고 고개를 갸웃거리며 억양 없는 목소리로 리오에게 물었다.

"토 달 것 없이 완벽했어. 내려오자마자 미안하지만, 갈까? 미하루 씨도 괜찮아요?"

리오가 미소 지으며 아이시아에게 고개를 끄덕이고 미하루를 봤다.

"네, 네. 잘 부탁드려요."

미하루가 몸을 움찔하고 쭈뼛쭈뼛 앞으로 나왔다.

"……직전에 확인해서 죄송한데, 높은 곳은 괜찮아요?"

"괜찮다고…… 생각해요."

리오가 살펴 묻자 미하루가 조금 긴장한 기색으로 고개를 끄덕였다. 아무튼 저렇게 하늘을 날아본 경험이 없었다. 추측으로 판단하는 수밖에.

"실제로 날아서 시험해보는 방법밖에 없겠네요. 처음에는 천천히 날아볼까요?"

"네, 부탁해요."

"아이시아…… 어라?"

리오가 아이시아의 이름을 불렀으나 주위를 둘러봐도 보이지 않았다. 이성인 자기보다는 동성인 아이시아가 옮겨주는 편이 미하루에게 나을 거라 생각했는데ㅡ.

"아이시아 누나는 이미 갔어."

마사토가 하늘을 가리켰다. 아이시아는 한 발 먼저 하늘로 올라갔다. 비행 연습이라도 하는지 전혀 내려올 기색이 없었다.

"하하……. 음, 옮기는 거, 제가 해도 될까요?"

리오가 마른 웃음을 흘리고 미하루에게 쭈뼛쭈뼛 물었다.

"네? 네, 괜찮아요."

미하루가 이상해하며 고개를 끄덕였다. 리오만큼 의식하지는 않나보다.

"그, 안는 자세가 되는데요……."

"앗, 그, 그렇구나. 그렇군요."

리오가 어렵게 말하자 미하루가 겨우 이해했다. 부끄러워졌는지 뺨을 붉혔다.

"아하하, 역시 싫죠? 아이시아를 불러서 옮겨달라고 할게요."

"아, 아뇨! 따, 딱히 싫은 건 아니에요!"

리오가 어색한 웃음을 흘리고 머리 위에 있는 아이시아를 불러오려고 하늘로 올라가려고 하자 미하루가 리오에게 실례라 생각했는지 서둘러 말했다.

"아뇨, 무리하지 않아도 돼요."

리오가 돌아보며 쓴웃음 지었다.

"저, 정말 괜찮아요. 싫지 않아요. 하루토 씨라면 괜찮아요. 신뢰하니까, 저, 부탁해요."

미하루가 허둥지둥 부끄러워하며 리오를 불러 세우고 꾸벅 허리를 숙였다.

"……음……. 그럼 실례합니다."

리오는 망설이고 망설이다 여기서 거절하면 이번에는 자신이 미하루에게 실례하는 거라 생각해 미하루를 안기 위해 천천히 다가갔다. 미하루가 "부탁해요" 하며 고개를 살짝 끄덕이자 리오가 "네" 하고 고개를 마주 끄덕이고 미하루를 공주님처럼 안았다.

"저기, 무, 무겁지 않아요?"

미하루가 새빨개진 얼굴로 물었다.

"가벼우니 걱정 말아요. 깃털 같은데요?"

리오가 쑥스러워하며 고개를 저었다.

실제로 미하루는 날씬하고 가벼웠다. 몸매는 여성스러웠다. 교복 위에 리오에게 빌린 두툼한 외투를 걸쳤지만, 옷 너머로 강제로 부드러운 감촉이 전달됐다. 솔직히 리오는 마음이 한계에 다다랐지만, 의식하고 있다는 걸 들키지 않도록 필사적으로 태연한 척했다.

"조심히 날 테니 꼭 잡아주세요."

"네, 네."

미하루가 상기된 목소리로 대답하고 쭈뼛쭈뼛 리오에게 밀착했다. 살짝 체중을 실어 리오의 옷을 꼭 잡았다. 서로의 얼굴이 정말 코앞에 있게 됐다.

"그럼 다녀올게. 문단속 잊지 마."

리오가 의식적으로 미하루에게서 시선을 돌리고 곁에 있던 아키와 마사토에게 말했다.

"응. 돌아오면 나도 데리고 날아 줘."

"……미하루 언니를 부탁드려요."

표표히 웃으며 손을 흔드는 마사토에 비해 아키는 리오와

미하루 사이에 감도는 독특한 분위기와 거리감을 민감하게 감지했는지 두 사람의 안색을 살펴보며 머리를 숙였다.

리오는 웃으며 고개를 끄덕이고 가볍게 땅을 박차 천천히 하늘로 올라갔다. 지상에 있는 아키와 마사토가 점점 작아졌다.

"와아아, 굉장해."

미하루가 주위를 두리번두리번 둘러보며 리오에게 더 꼭 달라붙었다.

"아이시아, 갈까?"

리오가 당황한 미하루의 얼굴을 보고 미소 짓고 어느샌가 하늘에서 대기하던 아이시아에게 말을 걸었다.

"응."

아이시아는 리오에게 안긴 미하루를 가만히 쳐다보다 꾸벅 고개를 끄덕였다.

◇ ◇ ◇

날기 시작한지 몇 분 뒤.

미하루는 한없이 펼쳐진 하늘과 땅을 멍하니 둘러보다 탄식처럼 중얼거렸다.

"……굉장해, 정말 하늘을 날고 있어."

"지상에서 봤을 때보다 예뻐요?"

리오가 살며시 입가를 풀고 물었다.

"예뻐요. 이런 풍경은 태어나서 처음 봐요."

미하루가 절경에 홀려 들뜬 목소리로 대답했다.

"그거 다행이네요. 도시까지 가려면 꽤 걸릴 테니 마음껏 즐기세요. 다양한 풍경을 즐길 수 있을 거예요."

"네!"

미하루는 고개를 끄덕이고 여기저기 둘러보며 풍경을 즐겼다.

리오도 미하루를 따라 눈을 움직이며 같은 풍경을 즐겼다. 구름 사이로 내리쬐는 햇빛이 그들이 바라보는 먼 산의 능선과 호수 수면을 반짝반짝 비췄다.

그로부터 느긋하게 수십 분 정도 지나 목적지인 아망드 부근에 도착했다.

"아이시아, 도시 안에 내릴 수는 없으니까 숲속에 내리자."

"알았어."

리오는 옆에서 날던 아이시아에게 말을 걸어 숲속에 착지했다.

"죄송해요, 미하루 씨. 여기서부터는 걸어서 이동할게요. 발밑이 험해서 길이 나올 때까지 이대로 안고 있을게요."

리오가 말했다. 주위에 울창한 초목과 이끼가 번식 중이었다. 발밑이 아주 험하지는 않았다. 미하루가 외투를 입긴 했지만, 그 아래는 교복 치마와 구두만 신은 상태라 편히 걷기 어려워 보였다.

"네, 네. 부탁해요."

미하루가 긴장해서 고개를 끄덕였다.

"달릴 거라서 날 때보다 흔들릴 수도 있어요. 혀를 깨물지 않게 조심하세요. 갈까? 아이시아."

리오가 미하루와 아이시아에게 말하고 사뿐히 도약했다. 미하루를 안고 있는데 한 번의 점프로 가볍게 몇m나 나아갔다.

"우와. 괴, 굉장해. 이것도 마술이에요?"

미하루가 리오의 몸에 더 세게 달라붙어 명백히 인간의 영역을 벗어난 신체능력에 눈을 동그랗게 뜨고 물었다. 아이시아도 가볍게 움직이며 리오의 뒤를 따라왔다.

"신체능력과 육체 강도를 강화했는데, 이건 정령술이라고 해요. 나머지는 바람을 조종해 이동이나 착지를 보조하는 식이에요. 빠르면 말해주세요."

리오가 미하루를 신경 쓰며 대답했다.

"괜찮아요. 그렇게 흔들리지도 않고."

미하루가 차분하게 말하고 고개를 저었다. 리오 일행은 몇 분 지나지 않아 아망드로 이어지는 길에 도착했다.

리오는 주위에 인적이 없는지 확인하고 미하루를 부드럽게 땅에 내려줬다.

"도시 안에 들어가기 전에 이걸 차주세요."

리오가 미하루에게 목걸이를 건넸다.

"네. 이건……?"

"머리카락 색을 바꾸는 마도구예요. 이 주변은 흑발이

눈에 띄거든요. 목걸이를 풀면 바로 원래대로 돌아오니 안심해요."

"알겠어요……. 앗, 바뀌었어요."

미하루가 고개를 끄덕이고 리오의 지시대로 목걸이를 걸었다. 목걸이가 미하루의 마력을 자동적으로 빨아들여 순식간에 머리카락 색을 바꿨다.

"잘 어울려요. 지금부터 갈 도시는 아망드라고 해요. 갈까요?"

리오가 조금 수줍게 미하루를 칭찬하고 천천히 걸음을 뗐다. 미하루와 이이시아가 그 뒤를 따랐다. 10분 정도 숲을 지나자 아망드에 도착했다.

"……사람이 많네요."

미하루가 눈을 휘둥그레 뜨고 말했다. 도시 영역 내에 들어가니 아직 아침장이 서 있는 시간인지 수많은 사람으로 북적였다. 왁자지껄 활기가 넘치고 가는 곳마다 노점이 늘어섰다.

"이곳이 무역도시라서 특히 더 그런 것도 있지만, 국토 대부분이 공백지대인 대신 도시에 그만큼의 사람이 밀집해있습니다."

"그렇군요……. 길을 잃지 않도록 조심해야겠어요."

리오의 설명에 미하루가 감탄하고 어딘가 불안하게 스쳐가는 사람들을 쳐다봤다.

"걱정 마. 미하루도 이러면 돼."

아이시아가 말했다. 그리고 천천히 리오의 왼손을 잡았다.

"어……."

리오는 당황한 표정을 지었고 미하루는 부끄러운지 뺨을 붉혔다.

"이러면 길 안 잃어버려."

아이시아는 짧게 이유를 말했다. 그 말이 맞았다.

하지만 리오와 미하루는 부끄러움이 앞서서 손을 잡을 수가 없었다.

"안 잡아?"

아이시아가 이상하다는 듯이 고개를 갸웃거렸다. 그 얼굴을 보니 이상하게 의식하는 본인들이 이상한가 싶었다.

"아하하. 그럼…… 실례할게요."

미하루가 즐겁게 웃고 살며시 리오의 손을 잡았다.

"가자."

아이시아가 리오를 재촉하자 리오도 키득 웃었다.

세 사람은 겨우 걸음을 뗐다. 미하루와 아이시아가 엄청난 미소녀라 순식간에 주변 남자들의 주목을 받았다. 그리고 두 사람과 손을 잡은 리오에게 반쯤 살의를 담은 시선이 쏠렸다.

"……하하, 눈에 띄는 모양이니 둘 다 후드를 쓰는 게 어때요?"

리오가 견디다 못해 굳은 얼굴로 제안했다.

◇ ◇ ◇

장소는 아망드 중심부에 가까운 상업 일등지.

"이 가게에서 모든 여성용 일용품을 취급하는 모양이에요."

리오가 한층 거대한 건물 앞에 멈춰 서서 미하루와 아이시아에게 말했다. 가격은 조금 비싸도 괜찮으니 좋은 물건을 취급하는 여성용 가게가 있는지 여자 사장들에 물어봤다. 여성 상인들이 입을 모아 말한 점포가 이 가게였다.

"멋진 건물이네요……."

미하루가 4층 석조 점포를 올려다보며 말했다.

"리카 상회라고 인근 여러 나라에서도 유명한 상회가 경영하는 직영점이라나 봐요. 이 도시의 대관인 리제롯테라는 분이 리카 상회 회장이더군요."

아망드에는 그 외에도 리카 상회가 경영하는 점포가 여럿 있었다. 이른바 이 아망드라는 도시는 리카 상회의 거점이었다.

'이 가게라면 분명히 다양하고 편리한 물건을 팔 거야.'

리오는 몇 년 전, 아망드에 왔을 때를 떠올렸다. 예전에 슈트랄 지방을 떠나 야구모 지방으로 가던 도중, 이 도시에 들러 듣게 된 소문을 떠올렸다.

그렇다. 리오는 리제롯테라는 소녀를 일방적으로 알았다. 가르아크 왕국 대귀족 크레티아 공작가의 영애이자 능력자. 그리고 『파스타』라는 가공식품을 이 세계에서 처음으로 만든 인물임을. 그리고 리제롯테 혹은 그 뒤에 있는 인물이 분명한 지구산 지식을 활용하고 있음을.

리카 상회의 규모는 리오가 슈트랄 지방을 비운 몇 년 동안 비약적으로 확대됐다. 이미 인근 여러 나라에서도 굴지의 대상회가 됐다. 요 몇 년 동안 신기한 상품을 많이 개발해왔을지도 모르겠다.

아무리 리오라도 현대 일본에 사는 여성이 사용할만한 일용품을 직접 만들 수는 없었다. 이곳은 미하루가 장을 보기에 딱 맞는 곳 같았다.

"그럼 저는 한 시간 정도 뒤에 여기로 돌아올 테니 뒷일은 맡길게요. 통역은 아이시아에게 맡겨주세요."

리오가 건물 안에 들어가기 전에 말했다. 여성 전문점이라 남자인 리오는 들어가기 어려웠다. 속옷 같은 것도 팔 테니, 장보기 시중은 아이시아에게 맡기는 게 무난할 것 같았다.

"아, 네……."

미하루가 머뭇머뭇 고개를 끄덕였다.

"아이시아, 미하루 씨를 잘 부탁해. 그리고 이 가게에서 이동하지 마."

"응, 맡겨줘."

아이시아가 깊이 수긍했다.

'……내가 있으면 느긋하게 장을 못 볼 테니 괜찮겠지?'

리오는 두 사람을 믿기로 했다. 일말의 불안은 있었지

만, 너무 과보호하는 것도 문제였다. 가게 경비가 확실하니 이상한 손님이 있을 가능성도 낮았다.

"그럼 나중에 봐요."

그렇게 말하고 리오는 미하루, 아이시아와 잡은 손을 놓았다.

◇ ◇ ◇

리오는 미하루와 아이시아가 장을 보는 건물 주변에서 정보 수집을 개시했다.

통신수단이 발달하지 않은 이 세계에서는 정보가 꽤 느리게 퍼졌다. 그중 가장 정보에 민감한 사람들은 귀족과 상인 그리고 길드 직원이었다. 다양한 사람과 만나 정보를 사들이고 각자 동종업자와 결탁해 독자적인 정보망을 만들었다.

그래서 리오 같은 일반인은 수동적으로 있으면 대단한 정보를 얻지 못했다. 정보를 원하면 수많은 사람과 일상적으로 자주 연관되거나, 정보를 가진 직종의 사람에게 적극적으로 다가가야 했다.

이번에 리오는 노점을 차례로 돌며 상인들에게 효율적으로 정보를 사기로 했다. 길드는 가입하지 않았고 귀족 지인도 없어서 소거법으로 상인에게 정보를 입수하는 방법을 골랐다.

상품을 구매하고 세상 사는 이야기로 슬쩍 화제를 꺼내면 상인들의 입이 가벼워졌다. 비밀도가 큰 정보와 정확도 높은 정보는 얻지 못하겠지만, 수확은 많을 터였다.

리오는 가게 앞에서 꼬치구이를 판매하는 노점에 들렀다.

"요즘은 별일 없습니까? 얼마 전에 갑자기 빛기둥이 솟구쳐서 깜짝 놀랐지 뭐예요."

조금 넉넉히 주문하고 중년 여자 사장에게 물었다.

"어라, 댁은 몰라? 그건 용사님이 나타났다는 거야."

가게 주인이 고기를 구우며 대답했다.

"용사……요?"

리오는 용사라는 단어에 당황해서 눈을 동그랗게 떴다.

"성전 예언은 알지? 여섯 개의 빛기둥과 함께 용사님이 나타난다느니 어쩐다느니 하는 거. 그 예언과 똑같은 일이 일어나서 용사님이 나타난 걸 수도 있다는 한결 같은 소문이야."

"아아, 있었죠. 그래요, 확실히……."

리오는 이해하고 고개를 끄덕였다. 슈트랄 지방에 사는 인간족은 육현신이라는 신들을 믿는다. 공교롭게도 신앙심이 없는 리오는 왕립 학원 시절에 강의로 배운 덕에 성전 내용을 어렴풋이 기억했다.

'미하루 씨와 아이들이 이 세계에 나타난 사태와 관련 있을 것 같아……. 아니, 그게 아니라 거기에 휘말린 거 아니야? 그렇다면 같이 있었다는 다른 두 사람이 용사……인가?'

리오는 취득한 정보로 재빠르게 추측했다.

"그거 말고 요즘 눈에 띄는 사건은 없었습니까? 이번에 벨트람 왕국에 갈 생각인데……."

"으음, 얼마 전에 북쪽 프로키시아 제국과 크고 작은 충돌이 있었다고 들었는데, 자주 듣는 이야기야. ……아, 그래. 여기서 벨트람 왕국으로 가는 거면 서쪽 길을 지나가지?"

가게 주인이 침음을 내며 대답하고 뭔가 생각났는지 리오에게 물었다.

"네, 그렇죠."

리오의 경우에는 정령술로 날아갈 거지만, 일단 고개를 끄덕였다.

"요즘 의뢰 때문에 서쪽 길로 갔던 모험가들이 몇 명 행방불명됐다나봐. 직업이 직업인지라 실종이 드문 일은 아니지만, 실력 있는 모험가까지 없어져서 조금 소문이 났어. 댁은 앳돼 보여도 복장을 보니 모험가 맞지? 조심해."

"……그렇군요, 고맙습니다."

리오는 예를 갖추고 지금 들은 이야기를 머리 한구석에 담아뒀다.

가게 주인은 리오가 묻지도 않았는데 이것저것 이야기해줬다. 제법 수다스러운 사람인지 정보 수집이 목표였던 리오로서는 고마운 일이었다.

세상 이야기에서 벗어나 딸을 소개시켜주고 싶다는 말이 나오기 시작할 쯤에 능숙하게 이야기를 피하고 물러나기로 했다. 그 뒤에도 여러 가게를 돌며 이야기를 들어봤지만, 새로운 정보는 얻지 못했고 리오는 미하루와 아이시아가 있는 가게로 돌아갔다.

◇ ◇ ◇

그리고 현재, 리오는 리카 상회 직영점 앞에 멈춰 섰다.

'으음. 한 시간 이따가 온다고 하긴 했는데 안에 들어가도 될까?'

여성용 일용품을 폭 넓게 취급하는 전문점이었다. 남자인 자신이 들어가면 안 되는 금단의 성역 같아서 그만 겁이 났다.

그러자 가게 안에서 아이시아가 홀로 나왔다. 미하루는 보이지 않았다.

"어라, 아이시아. ……미하루 씨는?"

"하루토가 돌아와서 마중 나왔어. 미하루는 아직 장보는 중."

아이시아는 정확하게 필요한 정보를 제시했다.

"그렇구나. 그건 그렇고 내가 돌아온 줄 용케 알았네?"

"우리는 패스로 이어져있으니까 근처에 오면 알 수 있어."

"아하……. 그러고 보니 사라 씨네도 그런 말을 했었지."

리오는 마을에 있을 무렵, 사라 일행에게 계약정령에 대해 들은 이야기를 떠올렸다. 계약자와 계약정령은 패스로 영적으로 강하게 이어져 있어서 서로에 대해 이래저래 알 수 있다고 했다.

아이시아가 깨어난 지 얼마 안 돼서 그런가? 자신은 아직 그런 쪽으로 감이 둔한데, 조만간 예민해질까? 리오는 신기했다.

"미하루가 걱정되니 어서 돌아가자."

아이시아가 리오의 손을 잡고 가게 안으로 돌아가려고 했다.

"아, 응. 아니, 나는…… 그래도 돼?"

뭐, 아이시아가 있으면 괜찮지 않을까- 리오는 재촉에 따라 발을 옮겼다. 문제가 생길 것 같으면 바로 밖으로 나가면 괜찮겠지 싶었다.

가게 안에는 의외로 여자와 함께 들어온 남자가 드문드문 보였다. 다들 은근히 불편해 하는 게 보였다. 리오와 같은 심경이리라.

리오와 아이시아는 가게 안으로 들어가자 같이 쇼핑하던 남자들의 시선이 자연스럽게 아이시아의 미모에 쏠렸다. 하지만 그들과 같이 쇼핑하던 여자들이 남자들의 변화를 민감하게 알아차리고 헛기침을 하는 등, 비난하는 사인을 보냈다. 그러자 남자들이 겸연쩍게 안 본 척 했다. 그래도 아쉬운 시선을 보냈지만. 리오가 정보 수집하는 동안에도 비슷한 일이 있었을 것 같았다.

"미하루는 4층에 있어."

아이시아는 남자들의 시선을 완전히 무시하고 리오를 유도했다. 아이시아에게 손을 잡혀 끌려가는 리오가 눈에 띄는지 남녀 상관없이 가게 안에 있던 사람들의 이목이 쏠렸다. 남자들은 질투 담긴 시선을 쏟아 부었고, 여자들은 홀린 듯이 리오의 얼굴을 쳐다봤다.

"어머, 같이 온 애가 있었구나." "와아……." "뭐, 저 남자라면 어울리네."

여자들의 목소리가 들렸다.

'불편해…….'

리오는 형용하기 어려운 불편함을 느꼈다.

결국, 시선을 돌리지 않고 묵묵히 아이시아의 등만 보고 가는 데 집중했다. 그렇게 계단을 올라 4층에 도착했다.

"다 왔어."

리오는 아이시아의 목소리를 듣고 겨우 주위를 둘러봤다.

"……어? 앗."

그곳은 속옷 가게였다. 같이 쇼핑하는 남자도 없었다. 여자들이 제각각 자기에게 맞는 속옷을 고르고 있었다. 그 중에는 미하루도 있었다.

아니, 그렇다기보다 미하루는 리오의 바로 앞에서 진지한 표정으로 속옷을 쏘아보고 있었다. 레이스가 달려서 참 청초하고 귀여운 브래지어를 들고 있었다.

"미하루."

아이시아가 미하루를 불렀다.

"아, 아이. 어디 갔었어? 아, 하루토 씨도 왔어……요?"

미하루는 속옷에서 눈을 떼고 아이시아의 목소리가 들린 곳을 봤다. 물론 그곳에는 아이시아에게 손을 붙잡힌 리오도 있었다. 미하루와 리오의 눈이 마주쳤다.

미하루는 미소 지으며 리오에게 인사하려다 이 상황에 뭔가 치명적인 위화감을 느끼고 몸을 굳혔다.

"죄, 죄송합니다."

리오는 미하루가 든 속옷을 봤는지 사과하며 눈을 돌렸다.

"네? 앗……?!"

미하루는 겨우 상황을 이해하고 손에 든 속옷을 황급히 숨겼다. 얼굴이 순식간에 새빨개졌다.

"저기, 정말로 죄송합니다."

리오는 거듭 사과했다. 얼른 아이시아의 손을 떼고 등을 돌리려고 했다. 하지만 아이시아가 의외로 꼭 잡고 있어서 움직일 수 없어 머리를 숙이고 바닥만 보려고 했다.

"아, 저기, 저, 저야말로!"

미하루는 허둥지둥 리오에게 머리를 숙였다.

"무슨 일이십니까?"

그러고 있자 여성 점원이 의아해하며 말을 걸었다.

"셋이서 같이 장보러 왔어."

아이시아가 억양 없는 목소리로 요점만 말했다.

점원은 그 한 마디로 이해했는지 리오 일행의 얼굴과 잡은 손을 확인했다.

"아, 그러시군요. 괜찮습니다. 같이 오신 남성분의 출입을 막지는 않습니다. 남성분께 마음에 드는 속옷을 물어보는 고객님도 계십니다."

그러더니 이해한다는 듯이 흐뭇해하며 고개를 저었다.

어느새 속옷 가게 안에 있는 여자들의 주목도 쏠렸는데, 사정을 이해했는지 키득키득 재미있어하며 웃었다.

"하, 한 시간 뒤에 다시 올게요. 아, 아이시아, 손 놔줘……."

리오가 그렇게 말하고 아이시아와 손을 놓고 얼른 속옷 가게를 나왔다.

'세리아 선생님께 편지라도 쓰고 오자. 조금 늦어지겠지만, 꼭 만나러 가겠다고.'

가게 밖으로 나와 배송을 다루는 리카 상회 점포로 발을 옮겼다.

◇ ◇ ◇

약 한 시간 뒤.

리오는 다시 미하루와 아이시아가 장을 보는 건물에 들렀다. 그러자 마침 장보기를 마쳤는지, 아이시아가 리오의 접근을 감지했는지, 미하루와 아이시아가 가게 밖으로 나왔다.

미하루는 리오와 눈이 마주치자 부끄러운지 뺨을 붉혔다.

리오도 겸연쩍게 난감한 표정을 지었다.

"조금 전에는 배려가 부족해 죄송했어요."

그리고 입을 열자마자 미하루에게 사과했다.

"아, 아뇨. 저야말로 볼썽사나운 모습을 보여서…… 아이한테 끌려온 거죠? 아하하, 잊어주셨으면 좋겠어요."

미하루가 부끄러운지 웃으며 고개를 저었다. 참 다부졌다.

"네, 네. 그건 그렇고 짐이 없는데 살 건 샀죠?"

"아, 짐은 가게가 맡아준다고 해서 이따 돌아갈 때 가져가면 돼요."

"그렇군요. 좋은 서비스네요. 그럼 이제 마사토의 옷을 사러 갈까요?"

"네. 부탁해요."

리오가 제안하자 미하루가 고개를 끄덕였다. 어찌어찌 어색한 분위기를 불식시킨 것 같았다.

그 직후, 아이시아가 천천히 다가와 리오의 왼손을 잡았다. 리오는 손을 잡는 게 당연해진 것 같아 미소 지었다.

"저기, 그럼…… 저는 오른손을 빌려도 될까요?"

그러자 미하루가 수줍게 리오를 배려하며 물었다.

"……네. 떨어지면 큰일이니까요."

리오도 수줍어하며 수긍했다.

그렇게 세 사람은 손을 잡고 다음 가게로 갔다. 몇 분도 안 돼서 괜찮은 남성용 가게를 발견하고 안에 들어가 함께 마사토의 옷을 골랐다.

"이 옷, 하루토 씨에게 어울릴 것 같아요."

마사토의 옷을 꼼꼼히 확인하던 미하루는 리오에게 어울릴 옷을 발견하고 추천했다.

"그래, 요?"

"네. 잠깐 들어보실래요? ……아, 봐요, 역시 잘 어울려요."

미하루가 고른 옷을 리오에게 들게 하고 조금 떨어진 곳에서 보더니 귀여운 미소를 지었다. 리오는 쑥스럽게 웃었다.

"고맙습니다. 마침 평상복이 부족했으니 이걸로 살게요."

리오는 전투복이나 사복을 겸한 준전투복만 있고 평상복은 거의 없었다. 마침 좋은 기회였다.

"음, 그럼 몇 벌 더 있는 게 낫지 않을까요?"

"네. 모처럼이니 미하루 씨가 골라주실래요? 옷 사는 건 도저히 익숙해지질 않아서……."

"저로 괜찮다면요……."

리오가 쓴웃음 지으며 부탁하자 미하루가 쭈뼛쭈뼛 고개를 끄덕였다. 그 뒤로 미하루는 마사토의 옷만이 아니라 리오의 옷도 골랐다. 미하루는 제법 센스가 있어서 리오에게 어울리는 옷을 착착 코디네이트했다. 그렇게 순식간에 시간이 흘렀다.

"고맙습니다, 미하루 씨. 덕분에 잘 샀어요."

리오가 장보기를 끝내고 미하루에게 고마움을 표했다.

"아뇨, 저야말로. 오늘 정말 즐거웠어요."

"그렇다니 다행이에요. 어느 정도 언어를 습득하면 한 번 정도 아키와 마사토도 콧바람 좀 쐬게 데려오죠. 적어도 한 달 정도는 지금 있는 곳에 머무를 예정이니까요."

말을 어느 정도 배운 뒤에 어쩌면 정령의 주민의 마을에 데려갈지도 모르니, 데려가게 된다면 그동안에 해야 하나?

"네, 꼭이요!"

미하루가 기뻐하며 미소 지었다.

◇ ◇ ◇

리오 일행은 해가 지기 전에 초원에 설치한 바위 집으로 돌아왔다. 저녁을 먹고 정리를 마친 뒤, 다 같이 식후 차를 마시던 중이었다.

"사실 오늘, 미하루 씨네가 이 세계에 오기 직전까지 함께 있었던 두 사람에 관한 혹시나 싶은 정보를 얻었어요. 나쁜 소식은 아닐 거예요."

리오가 천천히 말을 꺼냈다.

"저, 정말이에요?!"

아키가 제일 먼저 이야기에 달려들었다.

"일단은. 평범하게 생각하면 수상한 정보고, 어디 있는지도 모르지만."

리오가 어깨를 으쓱하고 고개를 끄덕였다.

"그래서 두 사람의 뭘 알아냈어요?"

아키가 초조하게 물었다.

"두 사람이 용사가 됐을지도…… 모르겠다는 거?"

리오가 쓸쓸한 미소를 지으며 자신의 추측을 짧게 말했다.

"……네?"

아키는 자기 귀를 의심했다. 아니, 아키만이 아니었다. 미하루와 마사토도 당황한 표정이었다. 당연했다. 용사라니, 현대 일본인이 일상에서 하는 일이 아니었다.

"뭐, 그렇게 반응하는 법이지, 보통은."

리오는 역시나 하고 쓴웃음 지으며 세 사람의 반응을 응시했다. 한편, 리오 옆에 앉은 아이시아는 졸린 지 작게 하품을 했다.

"있지, 하루토 형. 용사라니 그 용사? 게임 주인공?"

마사토가 쭈뼛쭈뼛 질문했다.

"아마도, 그렇지 않을까?"

"으아~ 진짜? 형이 용사라니이. ……왠지 이해는 되는데, 안 어울려."

마사토가 우습다는 듯이 쓴웃음 지었다.

"이 세계에도 종교가 있는데 그 성전에 용사소환에 관한 예언이 있어. 세 사람이 이 세계에 섞여들었을 때와 거의 동시나 직전에 그 예언 같은 현상이 일어났어. 그래서 지금 이 슈트랄 지방에 용사가 나타났다는 소문이 퍼진 모양이야."

"그 용사가 사츠키 씨와 타카히사 군이에요?"

리오가 사정을 설명하자 미하루가 물었다.

"네. 예언에 따르면 용사는 여섯 명이라고 하니, 그중 둘이 해당하지 않을까 싶어요. 실제로 그만한 대규모 현상이 일어났으니까요."

그렇다. 아이시아로 생각되는 소녀의 목소리에 정신을 빼앗겨 직시하지 못했지만, 그 순간에 솟구친 여섯 개의 빛기둥은 막대한 오드와 마나의 파동을 흩뿌렸다. 그야말로 이세계에서 용사를 소환할 수 있지 않을까 싶을 정도로.

"그럼 그 용사가 있는 곳을 알면 두 사람과 만날 수 있어요?!"

아키가 기대를 담아 물었다.

"내 추측대로라면 맞아. 뭐, 나라가 끼어서 대대적으로 공표라도 하지 않는 한, 용사 찾기는 말처럼 쉬운 게 아니거든. 예언에 따르면 분명 용사는 성석 근처에 나타난다는데 그 성석이 어디 있는지를 몰라."

리오가 난처한 얼굴로 대답했다. 성석이 어디 있는지는 조사하면 정보가 나올 수도 있지만, 그런 류의 상품은 가짜도 무수히 존재하는 것이 세상사였다.

"아⋯⋯."

아키가 속상해서 얼굴에 그림자를 드리웠다.

"걱정 마. 슈트랄 지방 어딘가에 있을 거야. 기다리고 있으면 용사의 소문이 들릴 가능성도 크니까 느긋하게 기다렸으면 좋겠어. 물론 내 쪽에서도 성석 소재지라든가, 용사에 관한 정보를 찾아보기는 할 건데, 한동안은 세 사람에게 말을 주입해야하니까. ⋯⋯그래도 될까요? 미하루 씨."

리오가 앞으로의 방침을 말하고 살피듯이 미하루에게 물었다.

"네. 하루토 씨에게만 부담을 주게 됐지만, 잘 부탁해요."

미하루가 미안해하며 수긍했다.

"그럼 그러기로 해요. 당장 내일부터 언어공부를 시작할게요. 약간 스파르타식으로 할 수도 있는데 노력하면 노력한 만큼 빨리 습득할 테고, 다른 일에 시간을 할애할 수 있으니 열심히 하죠!"

리오가 미하루 일행의 기운을 북돋으며 말했다.

"네, 잘 부탁드립니다!"

아키가 분발해서 힘차게 대답했다.

"공부라니……. 이세계에 왔는데 하는 일은 변하지 않는구나……."

마사토가 탄식하고 뺨을 긁적였다.

"마사토, 진지하게 안 하면 화낼 거야."

"알았다고."

아키가 못을 박자 마사토가 쓴웃음 지으며 고개를 끄덕였다. 해야 하는 일이라고 자각한 모양이었다. 미하루는 그런 두 사람을 흐뭇하게 지켜봤다.

그 뒤, 리오는 미하루, 아이시아와 협력해서 이것저것

뒷정리를 했다. 내일은 아침부터 공부를 해야 하니 아키와 마사토는 일찍 자라고 먼저 침실로 보냈다.

"수고하셨습니다, 미하루 씨. 아이시아도 고마워. 우리도 슬슬 잘까?"

리오가 식탁에 있는 미하루와 아이시아에게 말했다.

"네. 오늘은 여러모로 감사했습니다. 아이도."

미하루가 꾸벅 허리 숙여 인사하고 아이시아를 봤다.

"미하루, 수고했어."

아이시아가 졸린 목소리로 대답했다.

"아하하, 아이시아 졸려? 그럼 어서 자자. 잘 자."

리오는 계속 남아있으면 미하루와 아이시아를 붙잡아둘 거라 생각해 자기 방으로 걸어갔다.

"잘 자."

아이시아가 리오의 뒤를 따라왔다. 미하루도 "잘 자요." 하고 자기 방으로 가려고 했다.

"잠깐, 어? 아, 아이의 방은 내 옆방 아니었어? 그쪽은 하루토 씨의 방만 있어. 안 자?"

미하루가 아이시아가 가는 방향이 이상하다 싶어 불러 세웠다.

"아이시아?"

리오가 눈을 동그랗게 뜨고 아이시아를 불렀다. 왜 그래? 하고—.

"잘 건데?"

아이시아가 멍하니 고개를 갸웃거렸다.

"어…… 어디서?"

리오가 쭈뼛쭈뼛 물었다.

"하루토의 방에서."

"뭐, 뭐어?!"

아이시아의 대답에 미하루가 놀라 소리를 높였다.

"아니…… 아이시아한테 방 줬잖아. 잠은 거기서 자야지."

리오가 오른손으로 머리를 싸안고 아이시아를 타일렀다.

"잠은 하루토와 같이."

아이시아는 떳떳하게 리오와 함께 자겠다고 선언했다.

"아, 아니, 그럴 수는 없어."

"왜?"

리오가 황급히 거절하자 아이시아가 진심으로 이상하다는 듯이 물었다.

"아니, 그야……."

아이시아는 남녀의 거리감과 미묘한 사정에 어두웠다. 리오는 말문이 막혀 도와달라며 미하루를 쳐다봤다.

"이, 있잖아. 아이. 친밀한 사이가 아닌 남녀가 둘이서 같은 방에서 자는 건 약간 문제가 있다고 할까, 별로 좋지 않은 일이야."

미하루가 눈치 챘는지 얼른 리오에게 구원의 손길을 내밀었다.

"왜?"

"으, 으응?"

너무나 순수한 아이시아의 물음에 이번에는 미하루까지 말문이 막혔다. 인간사회의 상식과 도덕은 의외로 말로 설명하기 어려운 경우가 있었다. 안 되는 건 안 된다고 말하면 정령인 아이시아는 이해하지 못할 것 같았다.

"나랑 하루토는 친밀한 사이가 아니야?"

아이시아가 순진무구한 눈으로 미하루를 봤다.

"아, 음, 그런 게 아니라……."

친밀? 친밀하다는 게 뭘까? 말이란 왜 이렇게 어려울까? 미하루는 혼란스러워 한계에 다다랐다.

"둘이서 자는 게 안 되면 미하루도 넣어서 셋이서 잘래?"

"그, 그것도 안 돼!"

아이시아의 제안에 미하루가 빨개진 얼굴로 고개를 저었다.

"왜?"

"응? 아, 그야, 나, 나는 좋아하는 사람이 있으니까. 아, 아니, 하, 하루토 씨가 싫다는 게 아니라!"

미하루가 깜짝 놀랐는지 고지식하게 허둥지둥 대답했다.

"……네, 알아요. 하하."

리오는 미하루에게 좋아하는 사람이 있다는 말을 듣고 내심 가벼운 충격을 받았지만, 어찌어찌 억지로 미소 지었다. 어렴풋이 예상은 하지 않았느냐며 스스로에게 말했다.

"모르겠어."

아이시아가 중얼거렸다.

"……애초에 아이시아는 왜 나랑 같이 자고 싶어?"

리오는 한숨을 내쉬더니 쓴웃음 짓고 아이시아에게 물었다.

"하루토의 바로 옆에 있어야 오드 공급에 효율적. 마음도 편해."

아이시아가 대답했다. 뒷말은 그렇다 치고, 앞부분은 의외로 합리적인 대답이었다.

"아, 마력 공급 때문이었구나. 확실히…… 아니, 하지만 아이시아도 정령이니 영체화할 수 있잖아? 그 상태라면 마력소비를 막을 수 있지 않아……?"

그렇다. 아이시아가 인간의 모습을 한 탓인지 실체화한 것이 너무 자연스러워서 완전히 잊고 있었는데, 애초에 정령이란 영체화한 상태로 활동하는 것을 좋아하는 존재였다. 실체화하는 것도 유지하는 것도 일정한 마력을 소비하기 때문에 몹시 연비가 나빴다.

"영체화……요?"

이야기 흐름을 파악하기 어려운지 미하루가 질문했다.

"지금은 이렇게 육체가 있지만, 정령의 본질은 마나덩어리로, 그 이름대로 영적인 존재예요. 본래는 사람이 볼 수 없어요. 그 상태를 영체화라고 해요."

"……그, 그렇군요. 그럼 아이도 그 영체화라는 걸 할 수 있어?"

미하루가 당장은 믿기 어렵다는 표정으로 아이시아를 봤다.

"할 수 있어."

아이시아가 고개를 끄덕였다. 그 직후 아이시아의 육체가 미세한 빛 입자가 되어 순식간에 흩어졌다.

"사, 사라졌어? 아이?"

미하루는 놀라서 눈을 크게 뜨고 머뭇머뭇 아이시아를 불렀다.

"여기 있어."

아이시아가 대답했다. 거의 동시에 빛 입지가 밀집해 그녀의 모습을 갖췄다.

"앗……. 지, 지금 한 게 영체화예요?"

미하루가 감탄하며 리오에게 확인했다.

"네. 모습이 안 보이게 되고 물리적으로도 간섭할 수 없게 되지만, 영적으로는 분명히 존재하고 그곳에 있어요. 정령은 존재하는 것만으로 마력을 소비하지만, 영체화한 상태로 있는 게 연비가 좋아요."

"그렇군요……. 아, 그럼 평소에 영체화한 상태로 있으면 잘 때 하루토 씨와 함께 있을 필요가 없어지는, 건가?"

미하루가 아이시아를 살펴보며 물었다.

"마력 회복은 별 문제 아니야. 하루토와 가까이 있으면 가까이 있을수록 마력 공급이 효율적적이게 되는데 정령술을 쓰지 않으면 하루토가 곁에 없어도 실체화한 상태로 있는데 별 지장 없어."

아이시아가 논리정연하게 말하고 고개를 저었다.

"음, 그럼 하루토 씨와 함께 잘 필요는……?"

"있어. 나는 하루토랑 같이 있고 싶어."

"아, 아하하. 그렇구나……. 앗, 그럼 영체화한 상태로 하루토 씨와 함께 자면 돼. ……아닌가? 어때요?"

미하루가 단언한 아이시아를 보고 쓴웃음 짓고 리오를 보며 제안했다.

"음……. 그러, 네요. 그 방법이라면, 뭐…… 괜찮을까요?"

리오가 의문조로 고개를 끄덕였다. 그런다고 남녀가 같은 방에서 자는 행위의 도덕적인 문제점을 피할 수 있을지는 알 수 없었다.

하지만 영체화해서 모습이 보이지 않으면 오해가 생길 일이 물리적으로 없어진다. 아이시아의 의지는 완강했고 논파하는 것도 어려워 보이니 미봉책에 지나지 않지만, 타협점으로 무난한 선 같았다.

"아이도 그거면 돼?"

"응, 좋아."

미하루가 묻자 아이사이가 조용히 고개를 끄덕였다.

그렇게 아이시아는 영체화한 상태로 리오의 방에서 자기로 했다. 하지만 다음 날 아침, 어느새 실체화한 아이시아가 리오의 침대에 자고 있던 것은 또 다른 이야기.

정령환상기

　이야기에서 조금 벗어나, 시간은 미하루 일행이 이세계를 헤매기 직전으로 되돌아간다.

　그 청년은 사카타 히로아키라고 했다.

　나이는 열아홉 살. 성별은 남자. 국적은 일본. 외모는 평범. 고등학교는 인문계 상위 그룹에 있는 학교지만, 대학 수험에 실패하고 은둔형 외톨이가 되어 겸사겸사 빠져있던 인도어한 취미에 더 푹 빠져버린— 평범한 청년이었다.

　그것은 쾌청한 어느 봄날의 일이다.

　히로아키는 본가 침대에 누워 태블릿PC를 갖고 놀았다. 즐겨찾기 사이트를 순회하고 동영상을 보고 소설을 읽고 게임을 하고 게시판에 글을 쓰는 등 헛되이, 그렇기에 최고로 즐겁고 충실한 은둔형 외톨이 생활을 만끽했다.

　그러나 어느 날, 히로아키의 세계가 일변했다. 면 추리닝을 입고 드러누워 태블릿PC를 들고 있던 히로아키는 갑자기 떨어지는 느낌을 받았다.

　"으악?!"

　히로아키는 놀라서 자기도 모르게 소리를 질렀다. 하지만 실제로는 떨어진 것이 아니라 드러누워 나뒹군 것뿐이었다. 손에 든 태블릿PC도 무사했다.

　그런데 등의 감촉이 이상하게 딱딱했다. 그뿐만이 아니

었다. 눈에 보이는 태블릿PC 뒤로 천장이 아니라 어째선지 맑은 푸른 하늘이 펼쳐져있었다.

"뭐, 뭐야? 뭐가 어떻게 된 거야?!"

히로아키는 반사적으로 고개를 돌려 주위를 둘러봤다. 그러자 바로 옆에 시대착오적인 판타지풍의 검과 창, 갑옷으로 무장한 외국인 같은 기사와 병사들이 무리지어 있었다.

"억?!"

히로아키는 놀라서 몸부림쳤다. 꼴사나운 모습이었지만, 본인은 한없이 진지했다. 두리번두리번 주위를 둘러보니 난생 처음 보는 풍경이 보였다.

히로아키는 멋진 저택 정원에 있는 것 같았다. 땅에는 포장한 돌 타일이 깔려 있고, 주위에는 자연정원이 펼쳐져 있었다. 조금 떨어진 곳에는 호화저택이라는 표현도 부족한 작은 성 같은 건물도 우뚝 솟았다.

장엄하고 정밀한 정원 분위기와 어울리지 않는 무장한 기사와 병사들이 반쯤 놀라서 경계하며 히로아키를 에워쌌다.

'잠깐, 잠깐, 뭐야, 이게?!'

히로아키는 서둘러 일어나 자기 모습을 확인했다. 왼손에 태블릿PC를 들었고, 몸엔 익은 면 추리닝을 확인하니 조금 안심이 됐다.

'거, 검……? 디, 디자인이 잘 빠졌는데. 중2병을 자극해.'

대체 언제 든 건지, 오른손에 서양식으로 데포르메된 검을 들고 있다는 것을 깨닫고 놀라움과 고양감을 동시에 느꼈다. 하지만 주위에 있는 무장한 사람들을 보니 경계심이 솟구쳤다. 또 냉정히 생각해보니 면 추리닝과 치명적일 정도로 안 어울려서 은근 창피하기도 했다.

히로아키는 손에 든 검을 세게 쥐고 태블릿PC를 방패처럼 들었다.

"아, 아— 말은 통하나? 너희들은 누구냐?"

그리고 창피함을 억누르고 물었다.

그러자 물을 끼얹은 것처럼 정숙이 흘렀다. 잠시 뒤, 자신을 둘러싼 기사와 병사들 사이에서 몇몇 사람이 나타났다. 한 사람은 머리카락 색이 연보라색인 무척 귀여운 10대 중반 소녀였는데 나풀거리는 아름다운 드레스를 입고 있었다.

'레, 레벨 높은데…… 2차원 미소녀가 현실에 나온 것 같아. 공주인가?'

홀린 듯이 눈길을 빼앗긴 히로아키가 멍하니 생각했다.

한편, 연보라색 머리카락 소녀는 히로아키를 보고 놀라서 눈을 동그랗게 뜨더니 잠시 뒤, 옆에 서 있던 장년 남성이 연보라색 머리카락 소녀에게 뭐라 중얼거렸다.

그 직후, 소녀는 마음을 다 잡고 히로아키에게 걸어갔다. 장년 남성도 뒤를 따랐고, 젊은 두 기사가 호위하며 뒤를 따랐다. 히로아키는 경계하는 자세를 취했다.

"저, 저어, 저는 플로라. 벨트람 왕국의 제2왕녀로 플로

라 벨트람이라고 합니다. 당신은 혹시 용사님이…… 아니
신지요?"

연보라색 머리카락 소녀─ 플로라는 적당히 거리를 두고
서서 쭈뼛쭈뼛 물었다. 어찌된 일인지 히로아키는 소녀의
말을 이해했다.

"용사……? 내가?"

히로아키는 왕녀를 자칭한 플로라를 보며 의아하게 고
개를 갸웃거렸다.

수상쩍은데 묘하게 뭔가 딱 느낌이 왔다. 아니, 그렇다
기보다 히로아키가 얼마 전에 읽은 차원이동 판타지 소설
프롤로그와 절묘하게 비슷했다.

"네, 네! 제가 가져와 보관하던 성석이 갑자기 빛나더니
거대한 빛기둥을 쏘아 올렸습니다. 육현신님의 예언에 따
르면 신성력이 시작되고 천년 뒤의 미래에 용사님이 성석
이 있는 곳에 나타난다고 합니다."

플로라가 조금 성급하게 열심히 설명했다.

"……아─ 잠깐, 잠깐만. 진정해봐. 말의 정의는 일단 제
쳐놓고, 즉 내가 공주님이 가진 성석이 있는 곳에 나타났
다. 그러니까 내가 용사라고?"

히로아키는 마이페이스로 생각하고 의문을 입에 담았다.

"네, 네. 그렇습니다."

"그렇군. 이것 참 정석적인 상황이네. 일본어도 통하고.
뭐, 이지모드인 건 나쁘지 않지만……."

플로라가 고개를 끄덕이자 히로아키는 혼자서 납득하고 중얼거렸다.

"저, 저어. 용사님의 이름을 여쭈어도 괜찮을까요?"

플로라가 히로아키의 안색을 살피며 이름을 물었다.

"……나는 사카타 히로아키라고 해. 일단 말해두겠는데 사카타가 성이고 히로아키가 이름이야. 나도 물어보고 싶은 게 있는데, 여기는 어디야?"

히로아키가 연극 같은 동작으로 머리를 긁적이며 자기소개를 하고 물었다.

"벨트람 왕국 동북부에 있는 로던 후작령의 영도 로다니아의 영관입니다."

"일본, 미국, 영국, 프랑스, 독일, 중국이라는 나라 이름을 들은 적은?"

"음, 없습니다."

플로라가 송구해하며 고개를 저었다.

"그래……."

히로아키는 작게 한숨을 쉬고 생각했다.

'아무튼 대강의 상황은 파악했어. 이건 그거네. 그야말로 정석적인 판타지 트립이야. 공주님의 태도를 보니 용사는 왕족과 비교해도 맞먹는 위치인 게 틀림없어. 그럼 내가 정말 용사인지는 제쳐놓고 일단은 용사처럼 행동하는 게 맞나? 잘못해서 심부름센터처럼 여겨지면 귀찮은데, 얕보이는 건 빡치고, 정보도 모아야겠지. 교섭하려면 이 녀석

들 위에 설 필요도 있어.'

뭐, 플로라 같은 미소녀가 용사라고 경의하는 것은 나쁘지 않았다. 히로아키는 교묘하게 잔머리를 굴리고 정신을 바짝 차렸다.

"그쪽은?"

히로아키는 플로라 곁에 선 신분이 높아 보이는 장년 남자에게 말을 걸었다.

"늦게 아뢰어 송구합니다. 저는 공작 구스타브 유그노라고 합니다. 지금은 연유가 있어 플로라 공주 전하의 후견인을 맡고 있습니다. 앞으로 잘 부탁드립니다."

장년 남성- 유그노 공작은 사교적인 미소를 달고 정중히 인사했다. 하지만 그 눈은 은밀하고 빈틈없게 사카타 히로아키라는 인간을 관찰했다.

"좋아. 나는 일단 상황을 좀 더 자세히 파악하고 싶어. 그건 그쪽도 마찬가지지? 서로 설명할 필요가 있다는 생각 안 들어?"

"그렇군요. 앉아서 이야기할 수 있는 곳으로 안내하겠습니다."

히로아키가 제안하자 유그노 공작이 그러자고 고개를 끄덕였다.

"응, 부탁해."

히로아키는 플로라 일행과 함께 저택으로 갔다.

◇ ◇ ◇

몇 분 뒤, 히로아키는 플로라 일행과 저택 소파에 마주 앉았다.

"이 사람은 조지 로던. 이 로던 후작령의 영주입니다."

"처음 뵙겠습니다, 용사님. 조지 로던이라고 합니다. 설마 전설의 영웅을 이렇게 제 집에 초대하게 될 줄이야, 영광입니다."

유그노 공작이 소개한 장년의 로던 후작이 히로아키에게 정중히 고개를 숙였다.

"응, 잘 부탁해. 저기 있는 기사님들의 이름은 뭐지? 제법 어려보이는데…… 열아홉인 나보다 어린가?"

히로아키가 플로라 일행의 뒤에 선 두 호위 기사를 신기하게 쳐다봤다.

"저희 아들들입니다. 보시는 것처럼 둘 다 10대 중반으로, 아직 한 사람 몫은 못합니다만, 이렇게 동석시키면 사회 공부가 될 것 같아서 말입니다. 괜찮을까요?"

"그렇군, 유그노 공작과 로던 후작의 아들이라. 별 상관 없는데…… 무장은 해제해줬으면 좋겠어."

히로아키가 자기 검은 손이 닿는 곳에 두고, 경계하며 상대의 무장해제를 요구했다. 기사인 두 소년의 몸이 살짝 굳었다.

"이거 실례했습니다. 둘 다 무장을 해제해라."

유그노 공작이 웃으며 무장을 해제하라 명했다.

"……네."

두 소년은 딱딱하게 고개를 끄덕이고 허리에 찬 검집을 풀었다.

"제가 받겠습니다."

방구석에 서 있던 귀족 차림의 소녀가 다가와 두 사람의 검을 받았다.

"죄송합니다."

소년들이 소녀에게 작게 인사했다.

"모처럼의 기회다. 셋 다 용사님께 인사드려라."

유그노 공작이 웃으며 세 사람에게 인사하라 재촉했다.

"……처음 뵙습니다, 용사님. 스튜어드 유그노입니다."

"……알폰스 로던입니다. 부디 잘 부탁드립니다."

먼저 두 소년이 히로아키를 묘하게 수상쩍게 쳐다보며 딱딱하게 자기소개를 했다.

"처음 뵙겠습니다. 저는 로아나 폰테인이라고 합니다. 앞으로 잘 부탁드립니다."

귀족 차림의 소녀ㅡ 로아나가 가련한 미소를 지으며 자기소개를 했다.

"응, 잘 부탁해. 미안. 그런 곳에 서 있어서 몰랐어. 여자아이를 세워놓고 앉을 수는 없지. 앉을래?"

히로아키가 로아나의 미소에 넋이 나가 눈을 크게 뜨고 로아나가 원래 서 있던 곳을 보며 물었다.

"아뇨, 저는……."

"용사님이 그리 말씀하시니 앉게나, 로아나 군."

"……신경 써주셔서 정말 감사합니다. 용사님. 그럼 실례하겠습니다."

난처한 얼굴로 고개를 젓던 로아나는 유그노 공작의 재촉에 우아하게 치맛자락을 잡고 인사했다. 그리고 손에 든 스튜어드와 알폰스의 무기를 급사에게 건네고 빈 소파에 앉았다. 히로아키는 홋 웃으며 로아나를 쳐다봤다.

"그럼 이제 본론에 들어가도 괜찮으시겠습니까? 용사님."

"응. 먼저 묻고 싶은 것도 있고."

유그노 공작이 이야기 흐름을 바꾸려하자 히로아키가 너그럽게 고개를 끄덕였다.

"무엇인지요? 저희가 대답할 수 있는 것이라면 대답해 드리겠습니다만……."

"나를 부른 건, 거기 있는 플로라 공주가 가진 성석이라는 거지?"

유그노 공작의 말에 히로아키가 플로라를 보며 확인했다.

"네, 네. 그렇습니다!"

플로라가 긴장한 기색을 보이며 수긍했다.

"불러냈다는 것은 물론 돌아갈 수도 있는 거지? 나."

"네? 돌아간다? 음, 그건……."

히로아키의 질문이 예상 외였는지 플로라는 말문이 막혔다. 히로아키는 민감하게 사정을 파악했다.

"잠깐, 잠깐. 대뜸 불러놓고 설마 못 돌아간다는 거야?"

히로아키가 당황한 플로라를 비난하듯이 물었다.

"아뇨. 그, 모른다고 해야 하나……."

"모른다니, 이거 유괴라고. 이 세계도 본인의 의사에 반해 사람을 데려가는 건 범죄행위지?"

히로아키는 상대에게 반박할 시간을 주지 않고 마이페이스로 이야기를 진행시키려고 했다.

"죄, 죄송합니다. 저도 사정을 몰라 난처합니다……."

타고난 성격이 온화한 탓인지 플로라는 반박하지 못하고 사과했다. 애초에 플로라 일행도 뭐가 어떻게 된 건지 알지 못했다. 성석이 멋대로 히로아키를 불러낸 것뿐이었다. 유괴라니, 오해해도 단단히 오해했다.

"아— 딱히 괴롭히는 건 아니다? 난처한 건 나라고."

플로라 같은 미소녀를 괴롭히는 건 부끄러운지 히로아키가 조금 겸연쩍게 고개를 갸웃거렸다.

"용사님, 왕녀 전하께 무례하지 않습니까? 그리고 정말 용사가 맞습니까?"

스튜어드가 눈살을 찌푸리고 항의했다.

"스튜어드!"

유그노 공작이 엄한 목소리로 스튜어드를 불렀다.

"큭…… 죄송합니다."

스튜어드가 분해하며 사과했다.

"아들이 실례했습니다. 용사님."

유그노 공작도 히로아키에게 깊이 머리를 숙였다.

"아— 착각하지 않았으면 좋겠는데 딱히 싸움을 거는 건 아니야. 내게도 원래 세계에서의 생활이 있는데 그걸 불합리하게 빼앗겼다고. 제일 먼저 그 점을 확실하게 해두고 싶어서. 당신들이 나를 유괴하는 데 관여했다면 확실하게 말해줘. 갑자기 용사라니, 나도 당황했다고."

히로아키는 고개를 저으면서도 자기 의견을 주장했다.

"그것은 저희도 마찬가지로…… 유괴는 오해입니다. 모든 것을 털어놓고 많은 이야기를 나눠야겠지요. 현시점에 저희가 파악한 것은 전부 용사님께 말씀드리겠다고 맹세하겠습니다. 들어주시겠습니까?"

유그노 공작이 이상하게 당황한 모습을 보이며 말했다.

"응, 고마워. 육현신이라느니, 성석이라느니, 용사라느니, 그다지 확 와 닿지 않아서."

히로아키가 웃으며 고마움을 표했다. 그 후, 히로아키는 유그노 공작의 입으로 다양한 사실을 전해 들었다. 그리고 용사로서 자신들에게 협력해주길 바란다는 것도.

시간적으로는 미하루 일행이 아직 초원을 헤매고 있을 무렵의 일이었다.

【 제 7 장 】 ✻ 이사 준비

시간이 흘러 리오 일행이 아망드에서 장을 본 뒤로 한 달하고 반이 흘렀다.

미하루 일행은 요 한 달 동안 집안에 틀어박혀 슈트랄 지방 공용어를 철저하게 배웠다. 그도 그럴 것이 최소한의 대화가 통하지 않으면 아무것도 못하니 아침부터 밤까지 언어 공부, 식사 중에도 언어 공부, 모든 것에 우선해서 말을 주입했다.

일상회화에 지장이 없는 수준으로 외국어를 익히는데 필요한 시간은 사람마다 다르지만, 미하루 일행은 약 한 달 반 동안 400시간 이상 슈트랄 지방 공용어를 배웠다. 평균적으로 하루 아홉 시간 이상이었다. 쉬는 동안에 자주적으로 복습한 것도 포함하면 실질적인 학습시간은 더 늘어났다.

처음에는 일본어로 문법 등 기초를 해설하는 시간이 많았으나 점차 회화에 무게를 둔 훈련 시간이 늘어났고, 그렇게 공부한 덕분인지 미하루 일행의 회화 스킬은 일정하게 성장했다. 특히 제일 연장자인 미하루의 성장이 눈부셨다. 상대방이 천천히 말해주면 떠듬떠듬 극히 간단한 일상회화를 할 수 있을 정도였다.

그렇게 한 달 반이 지난 날 아침, 리오와 미하루는 주방에서 아침식사를 만들고 있었다.

『하루토 씨, 프라이팬, 가져가도, 돼요?』

미하루가 서툰 슈트랄 지방 공용어로 리오에게 말했다.

『네, 여기요.』

『고맙습니다. 베이컨에그와 달걀프라이, 오늘은 뭐가 좋아요?』

『……음. 오늘은 미하루 씨가 만든 달걀프라이를 먹고 싶어요.』

리오가 생각하다 웃으며 부탁했다.

『알았어요. 맡겨, 주세요.』

미하루가 프라이팬을 들고 귀엽게 승리포즈를 취했다.

『이제 제법 대화가 되네요.』

『하루토 씨 덕분, 이에요.』

『미하루 씨가 노력한 덕분이에요.』

『아뇨, 붙어서, 가르쳐, 줬으니까요.』

미하루는 떠듬떠듬 말하며 리오와 의사소통하려고 노력했다.

『미하루 씨와 아이들, 말이 꽤 익숙해져서 슬슬 이 초원에서 이사할 생각이에요.』

리오가 화제를 꺼냈다.

『이사……요?』

"네. 이야기가 복잡하니까 지금부터는 일본어로 할게요. 여기 이대로 있으면 움직이기 어렵고 여러분의 친구에 관한 정보를 모으기에도 효율적이지 못해요. 제 지인 중에 믿을 수 있는 사람들이 있으니 도와줄 수 없는지 물어볼 생각이에요. 가능성은 작지만, 그 사람들이라면 여러분에 관해 뭔가…… 알지도 몰라요."

리오가 미하루에게 양해를 구하고 일본어로 바꿔 말했다.

"그렇군요……."

"만약 가능하면 그 사람들에게 여러분을 부탁하고, 그동 안 제 개인적인 일을 끝낸 뒤, 돌아다니면서 정보를 모을 게요. 어때요?"

"하루토 씨에게도 자기 생활이 있을 테니 저희를 우선하 지 않아도 돼요. 전부 맡길게요."

미하루가 미안해하며 말하고 리오에게 머리를 숙였다.

"알겠습니다. 그럼 오늘 중에 일단 아망드 근처로 이사 하죠. 그곳에서 여러분은 대기하고 그동안 저는 지인에게 가겠습니다. 돌아오기까지 아마 2주 정도 걸릴 테니 호위 로 아이시아를 두고 갈게요. 필요한 게 있으면 아망드로 사러갈 수도 있으니까요."

리오가 웃으며 앞으로의 예정을 말했다.

갑자기 미하루 일행을 정령의 주민의 마을로 데려가서 "부디 잘 부탁드립니다, 잘 좀 돌봐주세요"라고 뻔뻔하게 내맡길 수는 없었다. 그렇지 않아도 정령의 주민은 외부와 접촉을 끊은 데다, 어쩌면 거절할 가능성도 있으니 무리임 을 알면서 착실하게 절차를 밟은 뒤에 부탁하는 것이 도리였다.

"죄송해요, 하나부터 열까지 배려해주셔서. 돌봄 받는 처지라 저희는 괜찮다고는, 할 수 없지만, 아이가 있어준다면 어떻게든 될 거예요. 그…… 집 지키는 건 맡겨두세요."

"네, 부탁해요."

리오는 미하루가 괴로워하지 않게 느긋하게 고개를 끄덕였다.

그 뒤, 리오 일행은 아침식사를 마치고 아망드 근방에 펼쳐진 숲속으로 이사했다. 전에 도시에서 정보를 수집했을 때, 서쪽 길을 따라 행방불명자가 나왔다는 이야기를 들어서 정반대인 동쪽에 도시로부터 거리를 두고 집을 설치했다.

◇ ◇ ◇

다음 날, 아침. 리오는 블랙와이번으로 만든 장비를 몸에 두르고 출발 준비를 마쳤다.

"그럼 아이시아, 모두를 부탁할게."

집 거실에서 배웅하는 쪽에 선 아이시아에게 말을 걸었다.

"맡겨둬."

아이시아가 조용히 고개를 끄덕였다. 외모는 덧없고 가녀린 소녀지만, 이래 보여도 최소 준고위급 인간형 정령이다. 정령술을 리오와 동등 이상으로 쓰니, 호위로 이렇게 믿음직할 수가 없었다.

"내가 없는 동안 마력 공급하는 방법 말인데, 마력을 가
득 모은 정령석을 하나 두고 갈 테니까 무슨 일 있으면 여
기서 마력을 흡수해서 사용해."

리오가 그렇게 말하고 에메랄드그린으로 빛나는 조약돌
만 한 정령석을 아이시아에게 건넸다. 비취색 정령석이라
면 이만한 크기로도 방대한 마력을 모아둘 수 있었다. 리
오가 정령의 주민에게 받은 『시공의 장』도 크기와 품질이
같은 돌을 썼다.

"……알았어. 일단 미하루와 임시 패스를 연결했으니까
문제없어."

아이시아는 그런 말을 하며 정령석을 받았다.

"미하루 씨와……. 그래요?"

리오가 눈을 크게 뜨고 미하루를 봤다.

"네. 왜 그런지 저희에게 상당한 양의 마력이 있는 모양
인데, 잘은 모르겠지만, 아이의 활동에 필요하면 쓰라고
했어요."

미하루는 당장 실감이 안 나는 것 같았지만, 다부지게
고개를 끄덕였다.

"……그렇군요. 안심이 되네요."

리오가 납득하고 말했다. 미하루 일행에게도 다량의 마
력이 있다는 이야기는 조금 마음에 걸렸지만, 그런 이야기
라니 안심이 됐다.

"그렇게 됐으니 조심해서 다녀오세요, 하루토 씨."

"네, 더 나오실 것 없어요."

미하루와 리오가 작별 인사를 마치자 아키와 마사토가 리오를 배웅했다.

"다녀오세요, 하루토 씨."

"조심히 다녀와, 하루토 형."

"응. 둘 다 미하루 씨와 아이시아 말 잘 듣다?"

"아하하, 알아요."

"그래, 그래. 우리도 나이 먹을 만큼 먹었다고."

리오의 말에 아키와 마사토가 쓴웃음 지으며 고개를 끄덕였다. 그리고 아키가 마사토에게 "넌 아직 애잖아"라고 하자 "아니, 아키 누나도 한 살밖에 차이 안 나잖아"라고 반박하며 늘 그렇듯이 말다툼을 했다.

"둘을 괜찮을 것 같네. 그럼 다녀오겠습니다."

리오는 평소와 같은 아키와 마사토를 흐뭇하게 바라본 뒤, 발을 돌렸다. 나이 어린 두 사람에게서 불안한 모습이 안 보여서 안심이 됐다.

리오는 현관문을 열고 열심히 손을 흔드는 미하루 일행에게 손을 마주 흔들었다. 그리고 마지막으로 아이시아를 보고 부탁한다며 부드러운 미소를 보냈다.

문이 닫히고 집 안에서 리오가 사라지자 아이시아가 말했다.

"그럼 셋은 하루토가 돌아올 때까지 공부."

"으에엑, 하루토 형이 외출해도 하는 일은 변하지 않네."

마사토가 힘이 빠져 고개를 떨궜다.

"하는 수 없잖아. 말을 못하면 위험해서 홀로 밖에도 못 나가니까. 네가 제일 느리니까 열심히 해."

아키가 어이없다는 얼굴로 마사토를 독려했다.

"후후. 하루토 씨가 돌아오면 성장한 모습을 보여주자."

미하루가 흐뭇해하며 말했다.

"《해방마술》"

리오는 집 밖으로 나오자마자 주문을 외워 왼손에 장비한 『시공의 장』을 사용했다. 손 주변이 소용돌이처럼 일그러지더니 비취색 정령석이 나타났다. 색은 같지만, 『시공의 장』에 부착된 정령석보다 컸다.

"《전이마술》"

리오는 손에 든 정령석─ 전이결정을 사용했다.

그 직후, 전이결정을 가진 리오를 중심으로 공간이 소용돌이처럼 크게 일그러졌다. 다음 순간, 리오가 집 앞에서 사라졌다. 리오의 눈에 비친 광경도 바뀌었다.

"무사히 돌아온 것 같네."

리오가 중얼거렸다.

나뭇잎 사이로 빛이 내리쬐는 평온한 숲이 주위에 펼쳐

져 있었다. 실제로 전이결정을 사용한 것은 처음이라 순식간에 풍경이 바뀌어 놀랐으나 아무래도 전이결정에 설정한 좌표로 제대로 이동한 것 같았다.

전이결정은 녹색에서 청록색으로 바뀌었다. 정령석은 내포한 마력양이 늘수록 색이 없거나, 청, 청록, 황록, 비취색으로 바뀌니, 상당한 마력을 소비한 모양이었다.

'마을에서 그리 멀지 않은 것 같은데, 여기는 어디쯤일까?'

리오는 전이결정을 품에 넣고 어딘가 낮익은 풍경에 미소 지으며 지금 있는 곳을 확인하고자 가볍게 땅을 박차 공중으로 떠올랐다. 나무들을 빠져나와 숲 상공으로 날아올랐다.

'거주구역 밖인데…… 마을과 상당히 가까워. 날아서 1, 2분 정도 걸리려나. 이 거리라면 전이마술(덧말$1)의 마력 일그러짐을 감지했을지도 몰라.'

리오는 곧 마중을 나올지도 모른다는 생각에 조금 떨어져있는 마을 거주구역을 향해 천천히 날아갔다.

예상대로 마을 거주구역 코앞의 상공에 기다리는 사람이 있었다. 마을 전사 여러 명과 하이엘프 소녀 오피아가 보였다.

"봐, 역시 리오 씨야! 이번에는 꽤 빨리 돌아왔네요."

오피아가 기뻐하며 미소 짓고 리오에게 다가가 말을 걸었다.

"안녕하세요, 오피아 씨. 이번에는 할 말이 좀…… 부탁할 게 있어서요."

리오가 인사하고 조금 미안한 태도로 말을 꺼냈다.

"그래요……. 그럼 바로 최장로님들께 안내할게요. 이쪽이에요."

오피아가 리오의 사정이 어찌할 방법이 없는 것임을 알아차렸는지 아무것도 묻지 않고 안내했다. 주위에 있던 마을 사람들도 동행했다.

"고맙습니다. 실은 제 계약정령이 깨어나서……."

리오는 오피아의 옆에서 날며 사정의 일부를 보고했다.

"아, 정말요?!"

오피아가 눈을 동그랗게 뜨며 되물었다. 그도 그럴 것이 리오의 안에는 인간형 정령이 잠들어있다고 했다. 리오의 계약정령의 각성은 정령을 신앙하는 그녀에게 중요한 일이었다.

"네. 사정이 있어서 여기에는 없지만, 부탁할 일도 포함해서 그 이야기는 최장로님들께 말씀드릴게요."

"그래요……. 다들 놀랄 거예요. 어서 알려야겠네요!"

오피아가 리오의 안색을 살피며 고개를 끄덕이고 은근슬쩍 속도를 올려 길을 서둘렀다.

리오 일행은 마을 청사로 사용하는 거대한 나무집 앞에 착지했다. 그곳에 라티파가 기다리고 있었는데 은늑대 수인인 사라와 엘더드워프 아르마도 있었다.

"라티파, 그리고 사라 씨와 아르마 씨도……."

리오가 라티파 일행을 보고 눈을 동그랗게 뜨며 그들의 이름을 불렀다.

"에헤헤. 오드와 마나의 큰 파동을 느끼고 오빠가 왔나 보다며 소동이 일어났지 뭐야. 하늘을 나는 오빠를 보고 서둘러 여기까지 왔어."

라티파가 자랑스럽게 말했다. 여기까지 달려왔는지 제법 숨이 거칠었다.

"둘 다 서두르느라 난리도 아니었어요."

엘더드워프 소녀 아르마가 쓴웃음 지으며 끼어들었다.

"아, 아르마도 따라왔지 않습니까."

은늑대 수인 사라가 부끄러워하며 말을 덧붙였다.

"후후, 둘 다 리오 씨를 빨리 만나고 싶었구나?"

오피아가 흐뭇하게 말했다.

"우으……."

사라와 아르마가 부끄러워하며 끙끙댔으나 부정하지 않는 것을 보니 사실인 모양이었다.

"오빠, 이번에는 빨리 돌아왔네."

라티파가 순진무구하게 웃으면서 리오에게 기뻐하며 말했다.

"응. 내 계약정령이 깨어났어. 그리고 여러모로 할 말이 있어서."

"깨, 깨어나셨어요?!"

리오가 쓸쓸한 미소를 지으며 대답하자 사라와 아르마가 당황했다.

"네, 지금 여기에는 없지만, 다음에 올 때는 데려올게요."

"그런 일이라면 어서 최장로님들께 가시죠. 위에 계실 겁니다."

사라가 이동을 재촉하자 리오 일행은 청사 안으로 걸어갔다.

몇 십 분 뒤.

리오는 청사 최상층에 있는 의사당에서 긴급 소집된 마을 장로진과 마주했다. 의사당 한 구석에 라티파와 사라 일행이 있었다.

"그래서, 리오 도령의 계약정령이 깨어나신 것이 사실인가?"

세 최장로의 자리 중 가운데에 앉은 하이엘프 노인 실드라가 물었다.

"네. 약 한 달 반 전에 깨어났습니다."

"……한 달 반 전이라면 슈트랄 지방 쪽에서 방대한 오드와 마나의 격류가 밀려왔을 때쯤인가."

실드라가 심각한 얼굴로 추측했다. 위치적으로 마을에서는 빛기둥을 확인할 수 없지만, 오드와 마나의 격류의 여파는 확실히 닿은 모양이었다.

"역시 이곳에도 여파가 끼쳤습니까?"

"혹 그때의 파동이 리오 도령의 계약정령의 각성과 무슨 관계라도?"

리오가 쓴웃음 짓자 여우수인 최장로 아슬라가 물었다.

"아뇨…… 모릅니다. 다만, 여러분이 느낀 오드와 마나 파동의 정체는 마술적으로 발생했을 것인 여섯 개의 빛기둥에 의한 것입니다."

"……계속 해주게."

아슬라가 재촉했다.

"저는 그 여섯 개의 빛기둥의 정체가 시공마술의 일종이라고 생각합니다. 그것도 이 세계의 밖에서 인간을 부르는 소환 계통의 마술이요……. 슈트랄 지방에는 육현신이라 불리는 신들을 믿는 종교가 있는데 그 성전에 기록된 예언에 의하면 여섯 개의 빛기둥과 함께 신마전쟁기에 활약한 여섯 용사가 다시 나타난다고 합니다. 그래서 현재 슈트랄 지방에는 용사가 나타났다는 한결같은 소문이 도는 모양입니다."

"용사……라."

신마전쟁기의 영웅이 나타났다는 말을 듣고 실내의 장

로들이 웅성거렸다.

리오는 힐끗 라티파를 봤다.

라티파는 눈을 동그랗게 뜨고 리오를 살펴봤다. 그녀도 리오처럼 바깥 세계에서 산 기억이 있는 사람이었다. 혹시 그 세계가 지구는 아닐까, 신경 쓰이는 모양이었다.

'라티파에게는 나중에 이것저것 말해줘야…….'

"여러분은 슈트랄 지방에 구전되는 용사를 아십니까?"

리오는 그런 생각을 하고 쓴웃음 지으며 맞은편에 앉은 최장로들에게 물었다.

"우리 정령의 주민 사이에도 천 년도 더 전에 벌어진 신마전쟁 기록이 남아 있다. 당시 대륙중앙부에 살았던 우리 선조와 무관한 전쟁이 아니었으니까. 마의 군세를 물리치기 위해 싸웠다고 한다."

리오의 질문에 실드라가 먼저 대답했다.

"신마전쟁에 참가한 고위 정령을 보좌하기 위해 마을에서 슈트랄 지방으로 떠난 전사들도 있다는 모양일세. 고위 정령을 포함해 대부분이 돌아올 수 없는 이가 됐지만. 용사는 신마전쟁 말기에 나타났다는데 그 무렵에는 고위 정령이 소실돼서 마을을 떠난 전사들도 많은 이가 망자가 된 모양이니……."

아슬라가 이어서 대답했다.

"……즉, 아무것도 모른다는 말씀이십니까?"

리오가 살피듯이 물었.

"그렇지. 용사에 관해 우리가 아는 건 그리 많지 않아. 칠현신…… 아니, 당시에는 이미 여섯이 됐으니 인간족이 말하는 육현신인가. 그 육현신이 만든 신의 무기를 든 존재라는 것, 어디에서 할 것 없이 나타났다는 것 정도인가?"

도미니크가 심각한 표정으로 대답했다.

"예전부터 신경 쓰였는데, 여러분은 어떻게 일곱 번째 신을 아십니까? 슈트랄 지방에는 일반적으로 일곱 번째 신을 모르는데요."

"그야 우리 선조가 일곱 번째 신이라 한 존재와 만난 적이 있으니까. 신마전쟁 초기와 말기에 말이야. 초기에는 마을에 들러서 당시 고위 정령과 함께 우리 선조에게 싸워달라고 부탁한 모양이야. 말기에 마을에 들렀을 때의 목적은 기록되어있지 않지만, 그 시점에는 다른 여섯 신들에게 추방된 뒤라고 기록되어 있어."

"……일곱 번째 신에게 용사에 관한 이야기는 듣지 못했나요?"

"그건 모르지. 기록이 없으니까."

리오와 도미니크의 대화로 일곱 번째 신에 관한 정보가 밝혀졌다. 그렇게 중요한지는 모르겠다.

"리오 도령은 왜 그 용사가 이 세계의 밖에서 소환됐을 거라 생각하는 겐가? 세계 밖에서 나타났다고 해도 당장 믿기는 어렵네……."

아슬라가 의아해하며 리오에게 물었다.

"제가 그 세계에서 산 두 소녀와 한 소년을 보호하고 있기 때문입니다."

"······그게 무슨, 그럼 그 셋이 용사라고?"

리오의 대답에 아슬라가 눈을 크게 뜨며 물었다.

"아뇨, 그 세 사람은 용사가 아닐 겁니다. 빛기둥과 상관없는 곳에 있었으니까요. 그리고 이 세계에 오기 직전까지 같이 있던 인간이 두 명 더 있었다는데, 소환마법으로 생각되는 공간의 일그러짐에 붙들린 것을 목격했다고 했습니다. 아마 용사로 소환된 것은 그 두 사람이고 제가 보호한 세 사람은 그냥 휘말렸을 거라 봅니다."

리오가 고개를 젓고 자신의 추측을 말했다.

"흠······. 이계 사람과 말이 통했나?"

실드라가 즉각 질문했다. 당연한 의문이었다.

"······통했습니다. 정확히는 제가 그들의 말을 알아요."

리오는 매우 진지한 표정으로 거짓 없이 솔직하게 대답했다. 앞으로 부탁할 사람들에게 가능한 한 성실하고 싶었다.

더구나 정령의 주민에게 은혜도 입었다. 이제 와서 불성실한 거짓말을 할 수 있을 리 없었다. 하지만 리오의 말은 너무 모호해서 의미심장했다.

"그 말은 무슨······?"

장로들이 의아해했다. 하지만 단 한 사람, 라티파는 사정을 이해했는지 놀라서 말을 잃었다.

"죄송합니다. 여기서 이유를 설명하더라도 납득하지 못

하실 수 있고, 이야기가 본론에서 크게 벗어납니다. 그러니 지금만이라도 말이 통했다고 이해해주실 수 없을까요? 필요하다면 다시 설명하겠습니다."

리오는 그렇게 말하고 마을 장로들에게 깊이 머리를 숙였다.

"……나는 상관없네. 리오 도령의 계약정령 이야기도 듣고 싶으니."

아슬라가 리오의 마음을 이해했는지 너그럽게 수긍했다. 다른 장로들도 얼굴을 마주보고 머뭇거리며 고개를 끄덕였다.

"그렇군. 리오 도령의 계약정령은 지금 그 세 사람 곁에 계신가?"

실드라가 화제를 바꿨다.

"네. 이름은 아이시아라고 하는데, 그녀에게 세 사람을 슈트랄 지방에서 보호해달라고 부탁했습니다."

리오는 고개를 까딱이고 송구해하며 대답했다.

"아이시아 님은 용사소환에 관해 뭔가 아시던가? 그보다 아이시아 님의 정체에 관해 뭔가 알게 된 것은 있는가?"

실드라가 리오에게 물었다.

"아뇨. 아이시아는 아무것도 몰랐습니다. 왜 저와 계약했는지, 자기가 누구인지, 자기 이름조차도. ……아이시아라는 이름도 제가 붙여줬습니다."

리오는 괴롭게 고개를 저었다.

"……그랬군. 뭐, 잘 된 거 아닌가? 격 높은 정령이 깨어났잖아. 우리에게는 그것만으로도 대단히 축하할 일이야. 아이시아 님. 우리 정령의 주민의 옛말을 써서 이름을 붙여준 거지? 따뜻한 봄, 아름다운 봄. 지금 계절적으로도 딱 어울리는 이름이잖아."

도미니크가 표표히 웃고 밝게 말했다.

"훗. 뭐, 도미니크의 말이 맞네. 그렇게 낙담할 것 없네, 리오 도령."

아슬라가 쾌활하게 웃고 도미니크에게 동의했다. 다른 장로들도 고개를 끄덕이자 실내에 자연스럽게 밝은 분위기가 감돌기 시작했다.

"고맙습니다. ……솔직히 이 시점에 마을로 돌아와야 하나 많이 고민했습니다. 하지만 아이시아의 일도 있고, 제가 보호하는 세 사람 일도 있고, 여러분의 지혜와 힘을 빌릴 수 있지 않을까 싶어 지금 이 자리에 왔습니다."

"……아이시아 님에 관해서는 우리도 대단한 도움은 못 줄 것 같다만, 드뤼어스 님을 한 번 뵙는 게 좋을 것 같군. 마을로 오시는 게 나을 거다."

실드라가 심각한 얼굴로 말했다.

"하지만 아이시아를 여기로 부르게 되면 필연적으로 제가 보호하는 세 사람도 동행하게 됩니다만……."

리오가 말하고 실드라 일행을 살펴봤다.

"다름 아닌 리오 도령의 일행이다. 아이시아 님만이 아니라 그 세 사람도 마을로 데려와라. 우리가 도울 수 있다면 가능한 조력하겠다. 지금도 그 세 사람을 돌보느라 힘에 부치지 않는가?"

실드라가 미하루 일행을 받아들이는 데 관용적인 자세를 보여줬다.

"……네. 세 사람은 뿔뿔이 흩어진 다른 두 사람이 이 세계에 있다면 찾아서 원래 세계로 돌아가고 싶어 하는데 지금은 전혀 꼼짝을 못하는 상황입니다. 무엇보다 세계를 뛰어넘은 시공마술은 지금의 저로서는 도저히 손 쓸 방도가 없습니다. 시공마술을 다루는 여러분이라면 그들이 원래 세계로 돌아갈 단서를 갖고 있지 않을까 기대했습니다."

리오는 자기가 놓인 상황과 생각을 숨기지 않고 밝혔다.

"으음. 솔직히 세계를 뛰어넘는 전이가 가능한 시공마술은 우리도 짐작 가는 게 없군. 마을에 있는 옛 문헌을 찾아보겠지만, 그리 기대는 하지 말길 바란다."

"아뇨. 충분하고도 넘칩니다. ……마을에 완전한 외부인을 들이는 건 허락받지 못할 수도 있다고 생각했습니다. 정말, 감사해서 드릴 말도 없습니다."

"흠. 단, 그 세 사람이 이후 슈트랄 지방으로 돌아가거든, 우리에 관한 정보를 비밀로 하겠다고 약속한다면 승낙하겠다. 미안하지만, 괜히 마을의 존재를 알리고 싶지 않은 것은 탐탁지 않아도 사실이니."

실드라가 미하루 일행의 체재 조건을 제시했다.

"물론입니다. 제가 그들에게 설명하겠습니다."

리오는 힘차게 수긍했다. 그 정도 조건으로 마을 체재를 인정받을 수 있다. 파격 그 자체였다.

"리오 도령이 오래 돌봐주고 이렇게 우리에게 의지할 정도로 신경 쓰는 사람들이니, 인품은 걱정하지 않네. 너무 마음 아파할 필요 없네."

아슬라가 훗 웃고 유쾌하게 말했다.

"아슬라가 말한 대로다."

실드라가 말한 뒤, 도미니크와 다른 장로들도 편히 고개를 끄덕이며 동의했다.

"……신뢰해주셔서 황송합니다."

리오는 가슴이 먹먹해지는 것을 느끼고 깊이 머리를 숙였다. 이렇게까지 무조건적으로 자신을 믿어주는 사람들과 만난 것이 그저 감사해서—.

"자, 그러기로 정했으니 아이시아 님과 그 세 사람을 맞이할 준비를 해야겠군. 드뤼어스 님께도 아이시아 님 일을 전해야지."

도미니크가 이상하게 숙연해진 분위기를 없애려고 쾌활하게 화제를 바꿨다.

"그렇군. 리오 도령은 바로 슈트랄 지방으로 돌아갈 건가?"

실드라가 도미니크가 바꾼 화제를 받아서 리오에게 물었다.

"네. 너무 기다리게 할 수는 없으니까요. 며칠 안으로 출발할 생각입니다."

"흠. 그럼 오늘은 마을에 머무르지. 아이시아 님과 이계의 세 사람에 관해 좀 더 이야기를 듣고 싶으니."

"물론입니다."

◇ ◇ ◇

그 뒤의 대화는 정오가 지난 뒤에 하게 돼서 가벼운 식사를 들며 했다.

리오는 아이시아에 대해 이것저것 말했고, 나아가서는 미하루 일행을 마을로 부르기 위한 결정사항도 장로들과 확인했다. 그렇게 대화를 끝내니 어느새 해질녘이 되어 그날은 해산했다.

리오는 아슬라의 집에 머물기로 했고 저녁식사가 준비될 때까지 느긋하게 쉬라는 말을 들었다. 라티파를 돌봐달라는 거였다.

리오는 묵게 된 방에 라티파를 불러 그녀와 둘만의 시간을 가졌다. 라티파는 장로진과의 대화 도중부터 표정이 울적했다. 그녀와 많은 이야기를 나눠야했다. 둘이서 방 의자에 마주 앉았다.

"있지, 라티파. 오늘 한 이야기 이해했어?"

리오는 라티파의 안색을 살피며 물었다.

"응, 이해했어. ⋯⋯그 사람들, 혹시, 일본인이야?"

라티파가 딱딱하게 고개를 끄덕이고 머뭇머뭇 물었다.

"응, 일본인이었어."

"⋯⋯그건 즉, 오빠가 일본인이었다는 사실을 말했다는 거네?"

"그렇지. 말하지 않으면 어떻게 의사소통이 가능한지 말이 안 되니까."

리오가 쓴웃음 짓고 고개를 끄덕였다.

"우으⋯⋯. 나랑 오빠만의 비밀이었는데."

라티파가 불만스럽게 입술을 내밀었다.

"화났어?"

"딱히 화나지는 않았는데⋯⋯."

"그래."

리오는 조금 웃겨서 미소 지었다.

"으~ 왜 웃어?"

"라티파가 귀여워서?"

"⋯⋯비겁해, 오빠."

라티파가 중얼거리고 불만 가득한 눈초리로 리오를 쳐다봤다.

"뭐가?"

"딱히⋯⋯."

"있지, 라티파. 우리 외에 일본을 아는 사람이 나타난다고 우리 사이가 바뀌진 않아. 그렇지?"

리오는 토라진 라티파를 흐뭇하게 보며 타이르듯이 말했다.

"……응."

"라티파가 내게 특별한 존재임은 변하지 않아."

"……응."

"그러니 놀라지 말고 들어줬으면 좋겠어. 라티파에게 내 전생을 가르쳐줬지? 좋아하는 소꿉친구가 있다든가, 부모님이 이혼해서 생이별한 동생이 있다고."

"응? 가르쳐줬는데……."

라티파가 이상해하며 수긍했다.

"실은 내가 보호하는 세 사람 중 두 사람이 그 둘이야."

"……어?"

"아야세 미하루 씨. 아마카와 하루토였을 적의 내가 계속 좋아했던 사람. 뭐, 그쪽은 날 잊었겠지만……. 그리고 아마카와, 아니, 센도 아키. 고작 3년하고 조금밖에 함께 살지 못했지만, 내 동생이었던 애. 그 애도 날 기억하지 못할 수도 있지만……. 그 두 사람이야. 무슨 우연인지는 몰라도 지금 내가 보호하는 세 사람 중 두 사람이."

리오는 당황한 라티파에게 천천히 말해줬다.

"……어, 그, 그럼, 마, 말했어?! 그 두 사람한테, 오빠 일을?"

라티파가 사정을 이해하자마자 당황해서 물었다.

"아니, 내게 아마카와 하루토라는 인간의 기억이 있다는

건 가르쳐주지 않았어. 적어도 지금은 아직 가르쳐줄 때가
아니라고 생각해서…….”

리오는 괴로운 듯이 차분히 말하고 고개를 저었다.

“그, 래. 하지만…… 왜……?”

라티파가 쉰 목소리로 물었다.

“지금은 너무 혼란스럽게 만들고 싶지 않아. 갑자기 모
르는 세계에 와서 정신적으로 불안정하니까. 라티파도 옛
날에는 그랬지?”

리오가 정론을 내밀며 대답했다.

“그건…….”

라티파는 말문이 막혔다. 리오의 말이 맞았다. 리오의
말은 합당했고, 틀리지 않았다. 거짓말도 아니었다.

하지만 라티파는 리오가 사실을 말하는 것 같지 않았다.
과연 리오는 정말로 그걸로 충분하다 생각하는 걸까?

라티파는 알 수 없었다.

“그러니까 라티파도 한동안은 세 사람에게 전생 이야기를
안 해줬으면 좋겠어. 물론 꼭 말하고 싶다면 말리지 않겠지
만…… 내 전생은 절대로 말하지 말아줘. 약속해줄래?”

리오가 희미하게 떳떳하지 못한 미소를 지으며 라티파
에게 물었다.

“……오빠, 사실은 말하고 싶은 거 아니야?”

라티파는 리오의 진의를 살피며 되물었다.

“……아니야.”

리오는 씁쓸하게 웃으며 고개를 저었다.

"오빠의 진심을 가르쳐줘. 아니면 약속 못 해."

하지만 라티파는 놓아주지 않았다.

"……전생은, 나와 라티파만의 비밀로 두고 싶어서?"

리오가 난감한 얼굴로 말했다. 그 마음은 거짓이 아니었다. 그러자 라티파가 당장에라도 울 것 같은 표정을 지었다.

"……비겁해. 역시 비겁해, 오빠."

라티파가 떨리는 목소리로 중얼거렸다. 그건 거짓말이라고, 라티파가 몰아붙일 수 없었기에—.

◇ ◇ ◇

그리고 이틀 뒤. 리오는 마을을 떠나 슈트랄 지방으로 돌아가기로 했다. 출발지로 고른 곳은 청사 앞 광장. 라티파, 사라, 오피아, 아르마, 아슬라, 실드라, 도미니크, 일곱 명이 배웅하러 와줬다.

"그럼 여러분, 다녀올게요. 아마 2주 정도 뒤에 돌아올 거예요."

리오가 일곱 명에게 해맑게 말했다.

"음, 조심하게나."

아슬라가 최장로들을 대표로 대답하고 다른 두 사람은 다정하게 고개를 끄덕였다.

"미하루 씨 일행이 머물 집, 청소하고 기다리겠습니다."

"환영 준비도 해야지." "저는 일용품을 손질할게요."

사라, 오피아, 아르마가 말했다. 아직 보지 못한 미하루 일행이 어떤 인물일까 기대되는 모양이었다.

"……다녀 와, 오빠."

한편, 라티파는 머뭇거리며 리오를 배웅했다.

"응, 다녀올게. 걱정 마, 무서워할 거 없어."

리오는 라티파의 머리를 다정히 쓰다듬어줬다. 그러자 라티파는 앞으로 나와 리오의 가슴에 얼굴을 폭 묻었다.

"호호호, 아직 어리광부릴 나이로구먼."

아슬라가 흐뭇하게 라티파를 지켜봤다.

리오와 장로들의 회담 뒤에 라티파의 상태가 이상해진 것은 아슬라도 눈치 챘다. 하지만 직접적으로 과도하게 나서지 않고 두 사람에게 문제 해결을 맡기기로 했다. 이 두 사람은 여태까지 그렇게 해왔기 때문에.

"미하루 씨네한테 좋아하는 오빠를 빼앗길지도 모르겠네요. 라티파 또래 여자아이도 있는 모양이고요."

사라가 후훗 웃으며 말했다. 다른 사람들도 라티파를 부드러운 눈길로 지켜봤다.

"……몰라."

라티파는 툭 중얼거리고 리오를 더 세게 안았다.

리오는 난감한 표정으로 라티파를 마주 안았다. 톡톡 부드럽게 등을 두드려서 진정시켰다. 잠시 뒤, 안은 힘이 약해졌다.

"그럼 다녀올게. 라티파."

라티파와 살며시 떨어진 리오가 다정하게 말했다.

"······응. 기다릴게."

라티파가 작게 고개를 끄덕였다.

◇ ◇ ◇

한편, 시간이 흘러 약 2주 뒤.

장소는 슈트랄 지방, 아망드 교외 서쪽에 펼쳐진 숲속.

길에서 떨어져있어서 일반인이라면 들어올 일 없는 구역에 검은 로브를 걸친 섬뜩한 남자가 있었다. **남자의 이름은 레이스.**

레이스의 주위에는 사람이라 생각할 수 없는 인간 형태의 회색 피부 괴물 여덟 마리와 거뭇한 피부의 괴물 네 마리가 줄줄이 모여 "으으" 하고 낮고 기분 나쁜 신음을 흘렸다.

"후후후. 역시 리카 상회의 거점 도시. 활동하는 모험가들도 제법 우수하군요. 덕분에 좋은 모형을 손에 넣었습니다."

레이스가 이형의 괴물들을 보며 만족스럽게 혼잣말을 했다.

"가세요. 셋이 한 조가 되어 아망드 근방의 숲에 되도록 다량의 마력을 갖춘 자를 찾아 생포해서 데려오는 겁니다. 단, 본인들보다 수가 많은 상대는 자발적으로 공격하지 않도록. 불필요한 목격자는 가능한 한 죽이세요. 서쪽은 제가 맡을 테니 당신들은 그 외의 방향을 탐색하고요. 기한은 내일 일몰까지입니다."

레이스가 이형의 괴물들에게 명령을 내렸다. 그러자 이형의 괴물들이 마치 레이스의 말을 이해한 것처럼 움직이기 시작했다.

"으으."

이형의 괴물들은 검은 개체를 리더로 삼아 회색 개체가 두 마리씩 붙어 셋이 한 조인 그룹을 네 개 만들더니 각각 생각보다 재빠르고 경쾌한 걸음으로 달렸다. 그리고 숲에 녹아들듯이 모습을 감췄다.

"……자, 이제 모형도 필요한 만큼 모였고, 때가 된 걸까요? 마지막으로 한탕하고 한동안은 얌전히 있도록 하죠."

홀로 남은 레이스가 귀찮다는 듯이 말했다. 그 눈은 그저 공허하기만 했다.

【 제 8 장 】 ❈ 암약하는 검은 그림자

리오가 정령의 주민의 마을을 떠나고 딱 2주가 흐른 날이었다.

슈트랄 지방에 남은 미하루 일행의 생활은 평온 그 자체로 느긋하게 리오의 귀환을 애타게 기다렸다. 언어 공부를 하다 잠시 쉬던 중. 아이시아와 마사토가 낮잠을 자는 사이, 미하루와 아키는 거실 소파에서 차를 마셨다.

"하루토 씨, 슬슬 돌아오려나?"

미하루가 중얼거렸다. 의문형이었지만, 아키에게 묻는 게 아니었다. 하지만 아키의 귀는 미하루의 중얼거림을 똑똑히 들었다.

"미하루 언니, 요 며칠 똑같은 말을 몇 번 하는 거야?"

아키가 아하하 씁쓸하게 웃었다.

"어……? 그, 그런가?"

미하루가 왠지 뜨끔해서 상기된 목소리로 말하고 고개를 갸웃거렸다. 왜 뜨끔했는지는 미하루도 몰랐다. 하지만 듣고 보니 확실히 요 며칠 우연한 순간에 하루토 생각만 한 것 같았다.

"……왜 그래? 미하루 언니."

아키가 미하루의 변화를 민감하게 알아차리고 의아해하며 미하루를 봤다.

"아무렇지도 않은데?"

미하루가 태연한 척, 아키를 보며 대답했다.

"그럼 됐고……. 근데 확실히, 언제까지 이런 생활이 이 어질까?"

아키는 아직 석연치 않은 모양이었지만, 스스로 화제를 바꿨다.

"음, 이런 생활이라니?"

미하루가 말의 의도를 물었다.

"우리, 원래는 중학생과 고등학생이 됐을 거잖아? 마사 토는 6학년으로 진급하고, 새로운 생활이 시작될 거였는 데……. 오빠랑 사츠키 씨도 없어졌지, 어쩌면 부모님과 두 번 다시 못 만날지도 몰라. 왠지 모르게 이런 생활이 길 게 이어지면 이어질수록 되돌아갈 수 없을 것 같은 기분이 들어."

아키가 마음이 불편한지 어두운 표정을 지었다.

"아키, 불안하구나……?"

미하루는 천천히 일어나서 아키 옆에 앉아 등을 쓸어줬 다. 아키는 어리광부리듯이 미하루에게 기댔다.

"……미하루 언니는 안 불안해?"

아키가 머뭇거리며 물었다.

"불안……한 것 같기도 한데 아키만큼은 아닌 것 같아."

미하루가 웃으며 고개 저었다.

"왜?"

아키가 신기해하며 미하루의 얼굴을 올려다봤다.

"내게는 아키와 마사토가 있고, 아이도, 하루토 씨도 있으니까. 안심이 돼. 그래서 내가 받은 걸 조금이라도 돌려주고 싶다는 미안함 정도로 불안한지도?"

미하루가 대답하고 이번에는 씁쓸하게 웃었다.

"……미하루 언니는 강해."

"약해. 너희가 없었으면 못 살았을걸."

"안 그랬을걸……. 그건 내가 그렇지. 미하루 언니가 없었으면 지금쯤 어떻게 됐을까?"

"후후, 고마워."

"응…….'"

아키가 부끄러워했는데 그래도 불안해하는 게 느껴졌다. 그래서 미하루는 아키에게 부드럽게 물었다.

"아키, 하루토 씨 덕분에 이렇게 평온히 살 수 있었잖아. 그것만으로도 엄청 다행이라고 생각해. 그러니까 좀 더 긍정적으로 생각해보지 않을래?"

"그건…… 응. 나도 그렇게 생각해."

"역시 지구로 돌아가고 싶어?"

"응……. 미하루 언니는 돌아가고 싶지 않아?"

"돌아가고 싶지 않다면…… 거짓말이지. 하지만 초조해할 필요는 없다고 생각해. 하루토 씨도 도와주잖아."

"하루토 씨…….'"

아키가 하루토의 이름을 중얼거리고 얼굴에 그림자를

드리웠다. 지금은 제법 익숙해졌지만, 그 이름을 들으니 역시나 특정 인물이 떠올라버렸다. 특히 미하루의 입에서 그 이름을 들으면 가끔 괜히 마음이 복잡했다.

"미하루 언니는 하루토 씨를 어떻게 생각해?"

그래서 아키는 미하루에게 질문을 던졌다. 뭐, 요즘 들어 미하루가 하루토만 신경 쓰는 것 같아서 신경이 쓰였다고 할까?

"응? 음…… 어떻게 생각하냐니? 어떤 의미로?"

미하루가 왠지 당황하며 아키의 안색을 살피듯이 되물었다.

"딱히……. 미하루 언니, 남자 어려워했는데 하루토 씨랑 같이 있을 때는 엄청 자연스러워 보이고, 요리할 때는 이상하게 손발이 척척 맞고, 즐겁게 웃기도 하니까 어떻게 생각하나 싶어서……. 있지, 어떻게 생각해?"

아키는 머뭇거리며 질문 의도를 설명하고 발뺌하지 못하게 하겠다는 듯이 되물었다.

"어, 어떻게냐면, 글쎄? 믿음직하고 무척 다정한 사람이라고, 생각하는데. 그리고……."

미하루는 쭈뼛쭈뼛 대답하며 자신의 마음속을 살피듯이 근심스러운 표정을 지었다.

"……그리고?"

"이름이 같아서 그런가, 왠지 모르게 하루 군과 비슷한 것 같다고…… 생각하는지도?"

아키에 미하루가 의문형으로 대답했다.

"미하루 언니! 무, 무슨 말을 하는 거야?!"

아키가 안색을 바꾸고 거칠게 말했다.

"……응? 아, 미, 미안해! 그러려던 게 아니었어!"

미하루는 자기가 무슨 말을 했는지 뒤늦게 이해하고 황급히 고개를 저었다. 아키의 앞에서 하루 군을 화제 삼지 않으려고 했는데 하루토라는 인물을 생각했더니 무의식적으로 하루 군 이야기가 입 밖으로 나와 버렸다.

"미하루 언니, 아직도 그런 사람을 기억해? 이제 만날 수 있는지, 없는지도 모른다고. 그쪽은 미하루 언니를 기억하지도 않을 거고, 그런 사람을 하루토 씨와 겹쳐보다니 하루토 씨한테 실례야."

아키가 잇따라 말했다.

그리고 전부 말하자마자 후회했다. 자신도 하루토에게 아마카와 하루토를 겹쳐봤다는 것을 깨달았기 때문이었다.

"……미안. 너무 열이 올랐어. 머리 좀 식히고 올게."

아키가 겸연쩍게 말하고 바깥바람을 쐬러 현관으로 나갔다.

'바보네, 나…….'

아키는 스스로가 창피해서 현관 밖으로 나와 집 바로 근처에 쭈그려 앉았다. 지금은 집 안에 있고 싶지 않았다. 이유 없이 밖으로 나가지 말라고 했지만, 잠깐 바깥 공기를 마시고 싶었다.

'난 미하루 언니를 탓할 자격이 없는데…….'

아키는 후회하며 깊은 한숨을 내쉬었다. 아무리 온화한 미하루여도 화낼지 몰랐다.

'역시 미하루 언니는 아직 그 사람을 좋아하나? 그러면 심한 말을 했다고 사과하는 게 낫나? 그치만…….'

아키는 이루 말하기 어려운 복잡한 기분이 들었다. 미하루에게 사과해서 화해하고 싶었지만, 아마카와 하루토가 뇌리에 스치면 도저히 사과하고 싶지 않았다.

그렇게 어느 정도의 시간이 지났을까―.

"아, 진짜!"

아키는 머릿속이 가득해서 소리를 질렀다. 그리고 거의 동시에―.

"으으……."

조금 떨어진 곳에서 어떤 작은 신음소리 같은 게 들렸지만, 아키는 듣지 못했다. 그러자 현관문이 열리고 미하루가 머뭇거리며 나왔다.

"이, 있잖아, 아키. ……어? 꺄악?!"

미하루는 현관 바로 옆에 있는 아카를 보고 조심스럽게 말을 걸려고 했다. 하지만 사람 모습을 한 명백히 사람이 아닌 회색 괴물 두 마리가 집에서 20m정도 떨어진 숲속을 어슬렁어슬렁 배회하는 것을 발견하자 참지 못하고 비명을 질렀다.

"왜, 왜 그래? 미하루 언니. 힉, 뭐, 뭐야, 저게?!"

아키는 미하루의 비명에 놀라 몸을 떨고 미하루의 시선을 좇았다. 그리고 그곳에 있던 이형의 괴물을 보고 깜짝 놀라 어찌할 바를 몰랐다.

"아, 아키, 안으로 들어와! 어서!"

미하루가 공포 속에 이성을 되찾고 황급히 아키를 불렀다.

"그, 근데 상태가 이상해. 결계 때문에 못 들어오는 거 아닐까?"

아키가 이형의 괴물들의 움직임을 물끄러미 관찰했다. 아키와 미하루를 알아차리지 못한 것 같았다.

"안 돼. 아이에게 알릴 테니까, 어서."

미하루가 초조하게 아키를 불렀다.

"걱정 마, 이미 왔어."

그러자 아이시아가 미하루의 바로 옆에 실체화해 나타났다. 얼굴에 졸음기가 가득한 것은 자다 일어나서일까.

"아, 아이……."

미하루는 가슴을 쓸어내렸다.

"아이시아 씨……. 뭐, 뭐예요, 저건?"

아키가 아이시아에게 쭈뼛쭈뼛 물었다.

"아마도…… 마물. 결계 안에는 못 들어오는 것 같은데, 오히려 결계의 마력에 이끌려온 걸 수도 있어. 바로 처리할 테니까 둘은 안으로 들어가."

아이시아는 방심하지 않고 이형 괴물들을 쳐다보며 미하루와 아키에게 지시를 날렸다.

"으, 응. 가자, 아키."

미하루는 자기들이 걸림돌만 된다는 걸 아는지 서둘러 아키에게 달려가 손을 잡고 집안으로 데려가려고 했다.

아이시아는 그것을 확인하고 천천히 걸음을 뗐다.

"인간처럼 생겼는데, 역시 인간 아닌가?"

아이시아는 이형의 괴물의 모양을 확인하고 얼핏 위화감을 느꼈는지 고개를 갸웃거렸다. 눈이 광기로 물들었지만, 피부색만 바꾸면 정말 사람처럼 보일 것 같았다. 다가가 관찰해보니 더 그랬다. 하지만 바로 아무 상관없다고 생각을 고쳤다.

'쓰러뜨리면 알아. 셋을 지킨다.'

그것이 하루토에게 받은 현재 자신의 역할이니까—.

아이시아는 그렇게 생각하고 망설임 없이 이형의 괴물에게 오른손을 뻗었다. 오드를 깨끗하게 갈무리하자 아이시아의 오른손에서 정령술의 빛이 희미하게 흘러나왔다.

다음 순간, 아이시아는 충격파 포탄을 쐈다. 이형의 괴물을 향해 보이지 않는 공격이 돌진했다. 그러자 직격과 동시에 쾅, 망치로 때리는 것 같은 소리가 울려 퍼지고 이형의 괴물의 몸이 날아가 뒹굴었다.

인간이라면 뼈가 가루가 되고 즉사했을 위력이었다. 하

지만 아이시아는 남은 하나도 처리하고자 무자비하게 조준을 조정했다.

"으아아아아!"

그러자 숲속에서 추가로 이형 괴물 한 마리가 달려들었다. 겉모습은 다른 두 마리처럼 인간 모양이었으나 피부색은 다른 두 마리와 달리 거뭇했다.

검은 개체는 어떻게 된 일인지 가볍게 결계 안으로 침입하더니 마침 현관 앞까지 피난한 미하루와 아키를 향해 일직선으로 돌진했다. 속도가 상당했다.

"아키, 숙여!"

미하루는 검은 개체가 자기들에게 접근하는 것을 봤는지 얼른 자기 몸을 방패삼아 아키를 감싸 안았다.

"앗?!"

아키는 갑자기 자세가 무너져서 무슨 일이 일어났는지 몰랐다. 하지만 곧 미하루가 몸을 덮어 자기를 끌어안아줬다는 것을 알았다. 그리고 자기들에게 접근하는 검은 개체를 보고 미하루가 왜 그런 행동을 했는지 이해했다.

"미, 미하루 언니?!"

아키는 참지 못하고 소리 질렀다. 안 된다, 이러면 미하루가 위험하다. 아무것도 할 수 없다는 것이 자명했지만, 아키는 버둥거리며 어떻게든 하려고 했다.

한편, 아이시아는 순식간에 반응해 오른손으로 검은 개체를 조준했다. 하지만 바로 손을 내렸다. 그녀가 손 쓸 것

도 없이 검은 개체의 죽음이 확정됐기 때문이었다.

검은 개체가 미하루 일행에게 도착하기까지 이제 몇m. 하늘에서 검은 그림자가 멋지게 내려앉았다. 아키는 미하루에게 안긴 상태로 그 뒷모습을 봤다.

그리고 누구인지 곧 깨달았다. 눈에 낯익은 뒷모습이 들어왔다. 블랙와이번으로 만든 장비를 입은 리오였다.

"아악?!"

검은 개체는 리오가 갑자기 눈앞에 끼어들자 깜짝 놀란 모양이었다. 순간적으로 속도를 줄이고 굳어버렸다. 치명적인 실수였다.

리오는 재빠르게 검은 개체의 허점을 찔렀다. 있는 힘껏 앞으로 뛰쳐나가 검자루 끝으로 명치를 공격했다.

인체 급소를 맞은 검은 개체는 가볍게 10m 가까이 날아가 버렸다. 맨몸인 인간이었다면 엄청난 격통에 호흡곤란에 빠졌을 것이다. 아니, 그보다는 순수한 물리 대미지만으로 내부 장기가 파열됐더라도 이상하지 않았다.

하지만 검은 개체는 복부를 누르며 비틀비틀 일어났다. 무슨 일이 일어났는지 이해하지 못했는지 이상하다는 듯이 "그아으아, 아?" 신음소리를 냈다.

'이 느낌은 뭐지? 단단해. 대미지는 들어간 것 같은데 저걸 맞고도 일어서다니. 행동불능에 빠뜨릴 생각으로 때린 건데…….'

리오는 눈을 크게 뜨고 검은 개체를 관찰했다.

"……하루토, 미안해. 미하루와 아키가 위험했어."

아이시아가 리오에게 다가와 미안해하며 사과했다.

"아니, 아이시아라면 그 타이밍에도 충분히 처리할 수 있었잖아? 괜한 참견이었을 수도 있지만, 마침 좋은 타이밍에 돌아와서 다행이야. 두 분, 늦게 돌아와서 죄송합니다."

리오가 쓴웃음이 지으며 고개를 젓고 뒤에 있는 미하루와 아키를 봤다.

"아, 하, 하루토 씨……. 미하루 언니, 하루토 씨가 와줬어."

아키가 가슴을 쓸어내리고 자기를 감싼 미하루에게 말했다.

눈을 꼭 감고 있던 미하루가 머뭇거리며 눈을 뜨고 뒤를 돌아봤다.

"하루토…… 씨."

미하루는 멍하니 리오의 가명을 부르고 흐릿한 눈으로 리오를 올려다봤다. 이런 표정을 짓는 미하루는 처음 봤다.

"이제 괜찮아요."

리오가 부드럽게 말하고 미하루의 손을 잡아 다정히 일으켜 세웠다.

"……고, 고맙습니다. 앗, 죄, 죄송해요."

미하루는 리오의 손을 잡고 일어났다가 다리가 풀렸는지 비틀거리며 리오에게 기댔다. 리오가 안아서 부축하자 부끄러운지 얼굴을 붉혔다.

그동안 아키는 홀로 일어났다.

"아키, 미하루 씨를 부탁해도 될까? 아직 전투가 끝나지 않았으니까 안으로 들어가. 금방 끝낼게."

리오가 쓴웃음 지으며 아키에게 말했다.

"네, 네."

아키가 쭈뼛쭈뼛 고개를 끄덕이고 리오에게 다가가 대신 미하루를 부축했다.

바로 뒤가 현관이라 미하루와 아키는 10초도 안 걸려 집 안으로 들어가 문을 닫았다.

"아이시아, 저 녀석들이 뭔지 알아?"

문이 닫힌 것을 확인한 리오가 이형의 괴물 세 마리를 보며 아이시아에게 물었다.

"몰라. 하지만 마물 같은 느낌이 나. 그리고 아마도 검은 개체가 더 강해."

아이시아가 대충 대답했다.

"그렇구나. 근데 다쳐서…… 아니, 제법 튼튼하네."

리오와 아이시아가 짧게 정보를 교환하는 동안, 검은 개체는 꽤 활력을 되찾았다. 굳건히 두 다리를 딛고 서서 호전적인 표정으로 리오와 아이시아를 노려봤다.

"내가 공격한 회색 개체도 회복하는 것 같아."

아이시아가 아까 날려버린 회색 개체를 보며 말했다.

"……그냥 터프한 건가? 이상한 회복력이라도 가졌나? 뭐, 할 일은 똑같지만. 내가 처리할 테니까 아이시아도 쉬어."

리오가 아이시아를 염려해 홀로 이형의 괴물을 정리하

겠다고 제안했다.

"하루토, 난 신경 쓰지 마. 상대가 인간처럼 생긴 것이든, 정말 인간이든, 하루토의 앞을 막는다면 용서하지 않아."

아이시아가 결연히 말하며 고개를 저었다.

"……그래. 그럼 나눠서 처리하자. 검은 건 내가 할게. 아이시아에게 회색을 맡겨도 돼?"

리오는 아주 잠깐 망설이다가 숨을 내쉬고 아이시아에게 물었다.

"당연히."

아이시아가 조용히 고개를 끄덕였다.

"크아아악!"

그러자 검은 개체가 도망치기로 했는지 포효를 내지르고 후퇴했다. 회색 개체도 따라서 도망치려고 끙끙대며 발을 돌렸다.

'이길 수 없는 상대에게서 도망칠 정도의 지능은 있나?'

리오가 눈을 크게 뜨고 그들의 뒷모습을 응시했다.

다음 순간, 리오와 아이시아는 그 자리에서 동시에 모습을 감췄다. 그리고 각자 검은 개체와 회색 개체에게 접근해 공격했다.

"킥?!"

리오는 검은 개체의 앞을 막고 상대의 몸을 휙 집어던져 땅에 처박았다.

하지만 그다지 대미지는 주지 못했는지 검은 개체는 엄청난 운동능력으로 일어나 곧장 리오에게 반격하려고 했다.

'확실히 빠르긴 한데……. 동작은 직선적이고 공격도 너무 커.'

리오가 가볍게 공격을 피하고 아까 대미지를 줬던 명치를 무릎으로 찍었다.

"큭?"

검은 개체의 몸이 둥실 떠올랐다. 리오는 공중에 떠오른 상대의 발을 잡아 관절을 뽑고 휘둘러 땅에 처박았다. 검은 개체는 괴로운 신음을 흘렸다.

"터프한데. 말은 통하나?"

리오가 검은 개체의 배를 밟으며 물었다. 피부색은 달라도 사람 모습을 했으니 혹시나 말이 통하지 않을까 싶었다.

"크으으으."

하지만 검은 개체는 낮게 신음만 흘릴 뿐이었다.

'……안 되나. 결국 이 녀석은 뭐지? 마물이라면 마석을 남길 텐데.'

리오는 탄식하고 허리에 찬 검을 뽑았다.

이런 괴물은 본 적도, 들은 적도 없었다. 하다못해 정말 마물인지 무엇인지 확인하기 위해 리오는 검은 개체의 심장을 찔렀다.

"크아아아!"

검은 개체는 한층 큰 비명을 지르고 아등바등 발버둥 쳤다. 심장을 찔렀는데 더 움직이다니, 엄청난 생명력이었다.

리오가 반쯤 놀라며 검은 개체가 고통에 몸부림치는 꼴을 내려다봤다. 그러는 사이, 점점 검은 개체의 움직임이 둔해졌다.

"어서 죽여줘."

입이 그렇게 움직인 것 같았다. 리오가 입 모양을 읽고 눈을 동그랗게 뜨자 검은 개체의 숨이 끊어졌다. 파삭, 하는 소리를 내며 몸이 무너지고 가루가 되어 심장만한 푸른 마석만이 남았다.

'역시 마물이었어. 그런데 마지막 입 모양은…….'

리오는 복잡한 표정으로 이형의 괴물이 남긴 마석을 주웠다.

"하루토, 이쪽도 쓰러뜨렸어."

아이시아가 마석 두 개를 가지고 리오에게 다가왔다. 순진무구한 표정에 살벌한 마음이 깨끗하게 씻겨나가는 것 같았다.

"……고마워, 아이시아. 안으로 들어갈까? 할 이야기도 있고."

리오는 작게 미소 짓고 아이시아와 함께 집 안으로 들어갔다.

"죄, 죄송합니다!"

리오와 아이시아가 집 안으로 들어가자 아키가 새파랗게 질린 얼굴로 리오와 아이시아에게 머리를 숙였다.

"응? 왜 사과해?"

리오가 어안이 벙벙해서 물었다.

"이유 없이는 집 밖으로 나가지 말라고 했는데, 제가 밖으로 나가는 바람에, 미하루 언니를 위험에 처하게 해서……."

"아니, 뭐, 아까는 상대가 이레귤러라서……. 하지만, 뭐, 그래. 그럼 왜 집 밖으로 나간 거야?"

아키가 사과 이유를 설명하자 리오가 난감한 얼굴로 물었다.

"저, 저기. 제가 잘못한 거예요! 아키에게 무신경한 말을 해서 화나게 해버렸어요."

미하루가 황급히 아키를 변호했다.

"아니야! 내가, 내가……. 미안, 미안해, 미하루 언니. 미안해."

아키는 말하다가 뚝뚝 눈물을 흘리고 말았다. 미하루에게 안겨 계속 미하루에게 사과했다. 미하루는 난감한 얼굴로 아키를 다정히 마주 안았다.

"아무래도 내가 뭔가 말할 필요는 없어 보이네."

리오가 미소 지으며 말했다.

"으음, 오~ 하루토 형 왔어? 어라, 아키 누나 울어?"

마사토가 잠에 취한 눈으로 크게 하품을 하며 거실에 나타났다.

"아, 안 울어! 천하태평한 애라니까!"

아키가 황급히 미하루에게서 떨어져 고개를 돌리고 허세를 부렸다. 하지만 마사토는 "으응?" 하고 의아해하며 고개를 갸웃거리고 아키의 얼굴을 들여다보려고 했다.

"그건 그렇고, 이사가 결정됐어요."

리오가 아키를 배려해 조금 억지로 화제를 바꿨다.

"와, 진짜?!"

마사토의 관심이 그쪽으로 쏠렸다.

"응. 지금까지는 밖에도 자유롭게 못 나가서 스트레스 받고 답답했을 텐데, 저쪽에서는 더 편하게 살 수 있을 거야."

"확실히 공부만 해서 몸이 둔해졌어. 그래서 언제 이사 가?!"

"내일이라도, 당장? 단, 이사하기 전에 몇 가지 규칙이 있으니까 지켜줘. 자세한 건…… 간식이라도 먹으면서 이야기할까?"

리오가 말하고 주방으로 걸어갔다.

그리고 다음 날 아침, 리오 일행은 정령의 주민의 마을로 떠났다.

"그럼 마을로 전이할게요. 이 세계에 왔을 때처럼 갑자기 풍경이 바뀌는데 위험하지는 않으니 침착해요."

리오가 바위 집을 『시공의 장』에 수납하고 조금 긴장한 미하루 일행에게 말했다.

"아니, 따지자면 어떤 사람들일까 싶어서 긴장한 느낌?"

마사토가 보기 드물게 갈팡질팡하며 말했다.

그도 그럴 것이 앞으로 만날 사람들은 그런 사람들이었다. 정령의 주민과 마을에 관한 설명은 어제 확실하게 전달했다. 엘프, 드워프, 수인— 판타지를 좋아하는 마사토가 잘 아는 존재임과 동시에 동경의 대상이기도 했다. 긴장하지 않을 리가 없었다.

"다들 정말 좋은 사람들이니까 금방 친해질 거야. 그럼 갈까? 준비됐어?"

리오가 웃으며 말하고 미하루 일행을 보며 물었다.

"네, 잘 부탁해요."

미하루가 약간 딱딱한 목소리로 대답하자 아키와 마사토도 머뭇거리며 고개를 끄덕였다.

"나는 언제든 괜찮아."

아이시아가 평소처럼 차분하게 수긍했다.

"그럼, 가자. 《전이마술》"

리오가 미소 짓고 손에 든 전이결정을 사용했다.

그 직후, 공간이 소용돌이처럼 크게 일그러지고 리오 일행을 집어삼켰다. 다음 순간에는 있던 곳에서 사라지고 정령의 주민이 사는 마을 근처로 전이했다.

"오, 오오……. 그래, 이거야. 이 느낌, 그때도 갑자기 시야가 바뀌었어."

마사토가 말하고 신기해하며 주위를 두리번거렸다. 미하루와 아키도 쭈뼛거리며 둘러봤다.

"신기한 기척이 많아. 나랑 비슷해."

아이시아가 고개를 갸웃거리며 중얼거렸다.

"마을의 정령인가? 정령은 서로의 존재를 감지할 수 있으니까. 낯가리는 정령은 기척을 잘 죽인다는데, 이 마을에는 많은 정령이 있어."

리오가 아이시아가 느낀 기척의 정체를 추측했다.

"기척이 엄청 큰 정령도 있어."

"그건 드뤼어스 님인가? 아이시아와 같은 인간형 정령."

"드뤼어스……. 그건 아닌데 제법 기척이 큰 정령이 다가와."

아이시아가 말하고 하늘을 올려다봤다. 시선 끝에는 오피아의 계약정령인 에어리얼이 제법 빠른 속도로 접근 중이었다.

"……새?"

아키가 접근하는 에어리얼을 물끄러미 쳐다봤다.

"꽤 크지 않아? 사람이 타고 있는데……."

마사토가 약간 멍한 표정으로 말했다. 그러는 사이, 에어리얼이 점점 커지더니 리오 일행의 상공에 도착했다.

에어리얼은 그곳을 선회하다 천천히 고도를 내렸다.

"여자들이…… 타고 있어요."

미하루가 중얼거렸다.

"여러분, 제 소중한 친구들입니다. 그리고-."

리오가 미하루에게 설명하는 사이, 에어리얼의 등에서 제일 먼저 한 소녀가 내려왔다. 라티파다. 라티파는 미하루 일행의 얼굴을 보고 순간 겁을 먹고 얼굴에 그림자를 드리웠다.

"윽…… 어서 와, 오빠!"

하지만 바로 마음을 다잡듯이 숨을 들이키더니 힘차게 달려가 리오에게 안겼다.

슈트랄, 그날 오후. 해가 지기 직전.

아망드 교외 서쪽에 펼쳐진 숲속에 레이스가 서 있었다. 주변에는 이형의 괴물들이 있고 정신을 잃은 여러 남자 모험가들이 여럿 쓰러져 있었다.

"……한 조가 안 돌아오네요. 설마 공격당했나? 강화체를 포함한 레버넌트 무리를 다루는 건 그리 쉽지 않을 텐데요……."

레이스가 의아해하며 중얼거렸다.

'이번에는 좀 화려하게 움직였으니, 대대적으로 조사대가 편성될 때일까요?'

레이스는 입가에 손을 대고 생각하더니 귀찮은 듯이 탄식했다.

"이런, 이런. 잠시 잠복해서 상황을 지켜볼까요. 마침 다다음달에 샤를 아르보의 결혼식에 초대받았기도 했으니까요. 상대가 **그 세리아 크렐이랬나요**? 이거 참, 그 얼간이에게는 절벽에 핀 꽃이군요."

레이스가 욕설을 퍼부었다. 그리고 기절한 모험가들에게로 시선을 옮겼다.

"……계획 실행은 조금 미뤄야겠지만, **수도 줄었으니** 일단 지금 있는 여기서 모형을 만들어볼까요? 어디 보자, 이번에는 몇 명이나 남으려나."

레이스가 싱긋 악마 같은 미소를 짓고 기절한 모험가를 향해 천천히 걸어갔다.

◖ 에필로그 ◗ ✿ 　소중한 당신은

　리오 일행이 정령의 주민의 마을에 도착하고 두 달 이상
흐른 어느 날의 일이다.

　장소는 벨트람 왕국 왕도 벨트란트. 왕성 정원에 10대
중반으로밖에 보이지 않는 묘령의 여성이 있었다. 그녀의
이름은 세리아 크렐. 일찍이 명문 벨트람 왕립학원을 월반
해 역대 최연소로 졸업하고 강사가 된 백작 영애다.

　세리아는 긴 은백색 머리카락을 바람에 흔들며 한 통의
편지를 슬프게 바라봤다. 손에 든 편지에는 『하루토』라는
발신자 이름이 적혀 있었다.

　세리아는 그 이름을 알았다. 예전에 어느 소년에게 그
이름으로 편지를 받은 적이 있기 때문이었다. 그리고 이
편지를 쓴 사람이 그 소년임을 확신했다.

　편지에는 쓸데없는 문장은 적혀있지 않았고, 낯익은 필
적으로 시간은 조금 더 걸리지만, 반드시 만나러 가겠다는
취지가 적혀 있었다.

　"여어, 세리아. 이런 곳에 있었군."

　30대 중반의 장년 남성이 나타나 점잔 뺀 목소리로 세리
아에게 말을 걸었다. 남자는 멋진 기사복을 입었고 가슴에
여러 개의 훈장을 달았다.

　"샤를 님……."

세리아는 얼른 편지를 숨기고 딱딱한 목소리로 남자─샤를을 아르보를 불렀다.

"딱딱하네. 다음 주에는 결혼할 사이잖아. 『당신』이라고 불러주지 않겠어?"

샤를이 언짢아하며 세리아에게 웃어보였다.

"아뇨, 그, 그런 건, 아직 부끄러워서……."

세리아가 고개를 숙이며 입술을 꽉 깨물고 수줍은 척 했다.

"네 그런 정숙한 점이 좋아. 무척 좋아. 그도 그럴 것이 약혼자에게 손도 잡지 못하게 하니까. 결혼한 뒤에 어떻게 바꿔갈지 벌써부터 기대돼."

샤를이 기분 좋게 웃었다. 세리아는 자기도 모르게 소름이 돋아 부끄러워하는 척하며 고개를 숙였다.

"샤를 님, 와주실 수 있겠습니까?"

그러자 어디선가 기사가 나타나 샤를을 불렀다.

"이런, 이런. 이제 막 약혼자를 만나러 왔는데 일이 생긴 모양이야. 나라가 몹시 혼란스러운 이 시대, 대귀족의 책무라고는 하나, 바쁜 것도 생각해 볼 일이군."

샤를이 말하고 과장스럽게 어깨를 으쓱하며 안타까워했다.

"샤를 님이 안 계시면 주변 사람들이 불안해집니다. 부디 저는 상관하지 마시고 가시지요."

세리아는 공허하게 웃으며 샤를을 보내려고 했다.

"그래. 조만간 네 곁으로 오도록 하지."

샤를이 만족스럽게 고개를 끄덕이고 부하 기사를 데리

고 발을 돌렸다.

세리아는 그 뒷모습을 보고 깊은 한숨을 쉬었다. 그리고 아까 감춘 편지를 살며시 꺼내 품에 안고 당장에라도 울 것 같은 표정을 지었다.

"리오……."

그리고 사랑스러운 듯이 리오의 이름을 중얼거렸다.

여러분, 매번 신세지고 있습니다. 키타야마 유리입니다. 이번에 『정령환상기 4. 유구한 너』를 구입해주셔서 정말 감사합니다.

드디어 서적판 『정령환상기』 제4권이 발매됐습니다. 한 2년 전쯤에는 제가 책을 쓰는 일을 할 거라고는 상상도 못했습니다. 지금은 책을 네 권이니 냈으니 인생이란 무슨 일이 일어날지 정말 알 수가 없네요.

하지만 아직 작가인 제 자신에게 익숙하지 않다고 할까요? 작가라는 자각이 희미하다고 할까요? 키타야마 유리로 행동하는 것이 익숙하지 않을 때도 있습니다.

예를 들어 우연히 누가 키타야마라고 부르면 순간 "누구야?" 하고 의아해하는 일이 간혹……. 그밖에도 얼마 전에 편집부에 전화했을 때는 저도 모르게 본명을 말할 뻔 하거나, 긴장해서 갑자기 작품명이 나오지 않아 머리가 새하얘져서 황급히 뭐라 말하려다 말을 우물거리고 말았습니다. 창피해ㅋㅋ.

뭐, 이러저러해서 위태로운 작가 생활을 보내고 있습니다만, 집필은 동심으로 돌아가 즐겁게 하고 있습니다.

다만, 저는 성격이 제멋대로라 상태 변환을 잘 못한다고 하나? 집중을 시작할 때까지 시간이 오래 걸려서 집필 속도가 안정적이지 않는 작가일 수도 있다는 말을 최근에 듣고 깨닫게 됐습니다(너무 늦게 깨달았잖아!).

뭐, 일단 집중하기만 하면 마음을 비우고 몰두하는 타입이기도 합니다만, 요즘은 안정적으로 집중 상태를 유지하려고 훈련 중입니다. 훈련한 보람이 있는지 제4권은 체감적으로 꽤 순조롭게 썼습니다.

또, 제4권이 되는 이번 권부터 제1권에 슬쩍 등장했던 히로인이 드디어 정식으로 등장하기도 해서, 드디어 지금부터 본격적으로 이야기가 시작된다 생각하며 분발했습니다. 『유구한 너』라는 소제목에도 여러 의미가 담겨있습니다. 앞으로 이야기가 이어지며 분명해지는 의미도 있는데, 일단은 이번 권을 보신 단계에서 여러분이 느낀 제각각의 의미를 음미해주시면 기쁘겠습니다.

그리고 이 『정령환상기』라는 작품은 서적판과 Web판이 유사하지만, 내용은 독립된 작품이 될 것이라고 제1권 후기에 넌지시 언급했는데요. 실제로 서적판과 Web판 둘 다 보시는 분은 이 제4권으로 지금까지보다 독립성이 강해졌다고 느끼지 않으셨습니까?

그도 그럴 것이 제1권부터 제3권까지는 어디까지나 Web판 스토리라인을 대략적으로 도습하는 식으로 진행했는데, 이 제4권에 Web판 내용과 크게 달라질 가능성을 내포한 전개를 모험적으로 담아봤기 때문입니다.

앞으로 제5권 이후로는 Web판에서도 다루지 않은 부분을 이야기할 가능성이 크니(이미 시작했지만요) 서적판과 Web판을 같이 보시는 분은 그 차이도 확인하며 서적판을 즐겨주셨으면 좋겠습니다.

그리고 서적판만 읽으시는 독자 분은 일부러 Web판을 읽지 마시고, 서적판 이야기가 더 진행되거든 Web판을 보시고 두 가지의 차이를 비교하면 본 작품을 더 즐기실 수 있을지도 모릅니다(물론 언제 Web판을 보는지는 여러분의 판단에 맡기며 Web판은 일부러 읽지 않아도 됩니다.).

이러저러해서 서적판과 Web판을 여러 방식으로 즐길 수 있도록 이것저것 고심하고 있습니다. 지금 여러분이 가장 신경 쓰는 점은 아마도 제1권 이후 한 번도 나오지 않은 세리아 선생님의 이후 동향이라고 생각합니다.

이번 권 마지막의 마지막이 되어서야 겨우 등장한 세리아 선생님은 제1권 발매 이후, 다수의 독자 분들께 "어서 세리아 선생님의 출현을!"이라는 감상을 받았습니다.

그런고로 전 세계에서 약 3만 명의 세리아 선생님 팬 여러분(이 숫자는 적당히 생각한 건 아니고 이 정도는 있겠지 하는 제 소망입니다ㅋㅋ), 오래 기다리셨습니다.

제5권은 드디어 세리아 선생님 차례입니다! 사실 제3권 발매 전에 제5권 소제목을 정해놨고, 제5권에서 쓰고 싶은 전개도 확실하게 정해놨습니다. 실제로 어떤 전개가 될지는 제5권 발매를 기대해주세요!

하지만 "제5권 발매까지 못 기다려!" 하시는 분께 좋은 소식입니다. 이번 권 발매와 함께 HJ문고에서 공식 운영하는 완전무료 소설 사이트 『읽을 수 있다! HJ문고』에 세리아 선생님에게 집중한 서적판 「정령환상기」 외전을 연재할 예정입니다(시간 배경은 제1권 마지막부터 그 뒤의 세리아 선생님을 그린 이야기입니다).

또, 이번 권 발매와 아울러 라노베 뉴스 온라인에 인터뷰를 싣고, 모 서점에서 사인회 기회를 만들어주셨습니다. 인터넷에 검색하면 여러 정보가 나올 테니 이쪽도 확인해주셨으면 좋겠습니다.

그럼 마지막으로 『정령환상기』를 지탱해주시는 모든 분들께 이 자리를 빌려 진심으로 감사 말씀을 올립니다. 여러분의 크고 많은 조력을 받았기에 제가 이렇게 작가로 있습니다. 앞으로도 여러분과 오래도록 함께하고 싶습니다. 항상 정말 고맙습니다.

2016년 4월 말일 키타야마 유리

SEIREI GENSOUKI Vol.4

©Yuri Kitayama
Originally published in Japan in 2016 by HOBBY JAPAN CO., Ltd.
Korean translation rights ©2021 by Somy Media, Inc.

정령환상기 4 —유구한 너—

2021년 10월 30일 1판 2쇄 발행

저   자 키타야마 유리
일러스트 Riv
옮 긴 이 이은혜
발 행 인 유재옥
본 부 장 조병권
담당편집 정영길
편집1팀 이준환 박소연
편집2팀 정영길 김민지 조찬희
편집3팀 오준영 곽혜민 이해빈
디 자 인 김보라 서정원
라이츠담당 한주원 이다정
디 지 털 박상섭 이성호 최서윤
발 행 처 ㈜소미미디어
제 작 처 코리아피앤피
등   록 제2015-000008호
주   소 서울시 마포구 토정로 222, 403호 (신수동, 한국출판콘텐츠센터)
판   매 ㈜소미미디어
마 케 팅 한민지 최정연
물   류 허석용
전   화 편집부 (070)4164-3962, 3963 기획실 (02)567-3388
               판매 및 마케팅 (070)4165-6888 Fax (02)322-7665
ISBN 979-11-6611-650-6 (04830)
ISBN 979-11-6611-646-9 (세트)